黄色い夜

宮内悠介

集英社

黄色い夜

深夜のバススタンドに、現地食を食べさせるレストランがぼんやりと光を灯している。

その一軒を除いては、薄闇だ。シャッターを下ろした店先の階段に、いくつもの白目が光る。ある者は眠るバス待ちの客に肩を貸し、ある者は缶詰から直接スープか何かを飲んでいる。ときおりタクシーが停まり、スタンドに客を降ろしてまた消えていく。黒猫が一匹、足下を通りすぎた。蒸し暑い港町だった。バスは午前四時発。まだ一時間以上ある。

レストランに入ると、客たちの目がじろりとルイを向いた。混みあった店内で、西欧人の旅行者が一人で紅茶《シャイ》を飲んでいる。その向かいに腰を下ろした。おそらくイタリア人だろうとあたりをつけて訊ねてみると、「そうだ」との短い答えが返った。

言葉の通じないウエイターは、ルイの注文を最初から聞こうともしない。やがて、奥から英語のわかるマスターが呼ばれて顔を出した。

「シャイを」とルイは注文する。

「なんだって？」

「シャイだよ、シャイ」

マスターは頷いてから、奥の厨房に向けて何事か命じると、

「なあ知ってるか、昨日、日本でアフクエがあったんだ」

「アフクエ？」

ルイが訊き返すと、マスターはテーブルに両手を突いて揺すってみせた。イタリア人のシャイが波打ち、跳ねて、滴が手元まで飛んできた。

イタリア人が苦笑し、カップを手に取った。

「地震《アースクエイク》。そう言っているようだな」

「なんだって？」

マスターの真剣な面持ちに、ルイはいまになって気がついた。アフクエ、アフクエと相手は連呼する。ここは元フランス領だから、ｒの音が日本人には聞きとりづらい。おまけに、ここの住人はすべてのｒを子音として発音する。

「人が死んだのかい？」

「百人」

本当か？　とイタリア人に訊ねてみた。もしかしたら八年前、一九九五年の大震災のことを

言っているのではないかと思ったのだ。このあたりでは、五分といって平気で一時間待たされる。大きい数といえば、だいたい百に切り捨てられてしまう。

「さあね、聞いたことがない」

イタリア人が首を振ったところで、マスターが奥にひっこむと、くたびれた新聞を手に戻ってきた。フランス語なのでよくわからないが、日本の地方で中規模の地震があったらしいということはわかった。

遠くのモスクから、礼拝を促す夜明け前のアザーンが聞こえてくる。やがてスタンドに国境行きのバスが到着し、外の黒い影がうごめきだした。

立ち上がろうとするイタリア人に、ルイは問いかけた。

「E国へ？」

「もちろん。ちゃんと五ドル札も用意した」

五ドルとは国境で支払う賄賂の額だ。

いま、E国はエチオピアと国境線をめぐって紛争中なので、建前上、陸路ではどこからも入れないことになっている。それもあり、大使館はなかなかビザを出したがらない。一般のツーリストは、高いツアーを組んで直接空港に乗り入れる。

そこで、賄賂というわけだ。

国境の係官に五ドルを渡して、その場でビザを出してもらう。貧乏旅行者たちのあいだでは、この方法がE国への一般的な入国手段となっている。

どんな国でも、隣の国まで来れば、それなりに入国の方法が見えてくるものだ。ガイドブックに載っている安宿にでも行けば、旅行者たちの情報ノートを読むことができる。情報は血だ。係官が「一杯のお茶」と言えば、それはときに一枚の五ドル札を指す。この呼吸が読めず、百ドル払ったあげく、銃撃戦に巻きこまれて死んだ旅行者もいる。

「ぼくの名前はピアッサ」とイタリア人が名乗った。広場《ピアッサ》。珍しい名前だ。「きみは？」

「ルイ」

本名は龍一《りゅういち》。だが、外国人に発音しやすい名前じゃない。だから、ルイに縮めた。


「ルイの汗はコーラの匂いがする」

枕を並べると、スミカは決まってそう口にした。言われるたび、どこか複雑な気分になった。汗がコーラの匂いだなんて、まるで米軍の兵士か何かみたいじゃないか。

「今度の旅は長いの？」

「ああ」

「帰ってくる？」

一瞬のためらいをスミカは見逃さなかった。彼女は答えを待たず、待ってる、とつけ加えると蛇のぬいぐるみを身体に巻いた。一人のときは、それを抱いて寝るのだという。蛇の胴の太さが、ちょうど人間の腕に近い。

　バスが国境を越えたころには朝になっていた。

　道が一転して悪路に変わり、車内にモノラル再生のレゲエが満ちた。声を張り上げて何事か叫ぶ女性たちは、イスラム圏から入ってくると新鮮に映る。ここE国はクリスチャンが八割、残りの二割がムスリムだ。バスは跳ね、軋《きし》みながら悪路を突き進む。

　雨が降ったのだろう。砂漠の向こう、遠く、地平線が黄緑がかっていた。

　景色を眺めるうちに、歓喜の種が胸の奥に宿る。途上国独特の、活気のようなものが好きだというのもある。でも、それだけじゃない。悪路を跳ねながら生活を乗せて突き進むバスというものは、無条件に人を蘇らせる何かを宿しているのだ。

　前の席の女性が振り向き、ビスケットを勧めてくる。とても、一人にはしてくれそうにない。その一方で、心はしんと落ち着き、密室のなかにいる。この熱く冷たい感覚が、旅をすることの醍醐味だ。

「休もう！」

　乗客の叫びを受けてバスが止まった。何人かの男たちが、用足しに砂丘の陰へと消えていく。手伝いの少年がタイヤを交換した。窓から投げ捨てられたペットボトルを、一人、黙々と拾い集める女がいた。

ルイとピアッサは、車体の陰で日射しを避けた。

「喫《す》うか」

ピアッサが煙草の箱を差し出してくるのを、ジェスチャで断る。

「それ、どこの煙草だい？」

「モーリタニア。そこで、語学を教えてるんだ。もう二年になる」

「そういや、入国カードに教授《プロフェッサー》って書いていたな」

「よく見てるな。ヨーロッパじゃ、先生はみんなプロフェッサーなんだ」

「モーリタニアはいいところかい」

「まあね。でも、一年もいれば飽きる」

頷いて、道の先に目をやった。道に沿って、パンクしたタイヤの残骸が点々と連なっている。こう見えて、E国の収入源は観光だ。ただ、陸路での入国は想定されていない。インフラが整備されているのは、空港と、首都のごく一部だけ。

パスポートをめくって確認した。

五ドルで買ったビザは、入国スタンプの隅にペン書きで「30」とあるだけだった。一ヵ月滞在可能、という意味だろう。覗きこむピアッサと目が合い、二人で苦笑してしまう。そのとき、発車を告げるクラクションが鳴った。

「もちろん、やるんだろう」

バスの座席に戻ったピアッサが取り出したのは、一組のトランプだった。

表向きに一枚、裏向きに一枚、ルイの膝元へカードを飛ばしてくる。ブラックジャックだ。表向きのカードは8。国境で両替したばかりの、十ディナール札をルイは張った。人前で金を出すのは危なっかしいようだが、これならせいぜいコーラ一本の額にすぎない。何より、ここは普通の国ではないのだ。

つづけて、ピアッサが自分にもカードを配る。

ルイの裏向きの札は3だった。指先でカードの背を叩くと、ピアッサは慣れた手つきで新しいカードを飛ばしてくる。Qだ。二十一だ、とルイはカードをめくった。ピアッサが十ディナール札を探り、ルイの手元に投げた。

何ゲームかつづけて、収支はだいたいプラスマイナスゼロだった。

気がつけば、乗客たちが座席越しに見物をはじめている。やめどきだと思い、疲れた、と言ってルイはカードを返した。ピアッサはほかの乗客たちを誘うが、皆、照れたような笑みを浮かべて手を振るのみだ。濃い肌に、白い歯が映える。

ピアッサが突然にカード博奕《ばくち》をはじめたのには、理由がある。

E国の観光資源がカジノなのだ。

もともと、ここはE保留区といって、先住民たちによる自治地域だった。砂漠で生計を立てるため、やがて、住民たちによるカジノ経営がはじまった。幸い、ヨーロッパからのアクセスがよく、西欧人たちがバカンスに集まるようになった。こうして少しずつ集めた外貨で、住民たちは武器を調達し、十年近くにわたる闘争の果て、エチオピアから独立を勝ち取った。

独立記念日は、西洋の暦で八月二十六日。E国が、エチオピア暦から解放された日だ。

調停に加わったのは主にEUだったが、これは、要人たちが早くカジノで遊びたかったからだとしばしば揶揄される。もっとも紛争はすぐに再燃し、E国はエチオピアと国境を争い、いまも各地で小競り合いがつづいている。日本の外務省からは、国境付近に退避勧告が出されている状態だ。それでも、ヨーロッパの金持ちはツアーを組んで飛行機でカジノへやってくる。

いまも昔も、E国の産業はカジノ一本。

石油は出ず、ろくに作物も育たない。E国のカジノは、そんな土地に建った巨大な螺旋状の塔だ。塔にはカジノのためにホテルがあり、銀行があり、商店があり、その他あらゆる営みが集約されている。塔は常に建設途中で、いまも上へ上へと伸びているという。

首都を離れ、少し車を走らせればもうそこは砂漠だ。

砂漠の住民は海水を淡水化した水を飲み、飢え、下水もないような生活を強いられている。自殺率も高い。いったい、何を守るために独立したのかという声も上がっている。紛争のつづく国境地帯での、住民たちの意見はお決まりのものだ。

——もう、どちらの国だっていい。

*

窓に触れると、日射しを受けたガラスが火のように熱い。

先ほどの、カードを切るピアッサの手つきは慣れたものだった。一枚一枚の隅々まで、神経が行き渡っている。長年カードに触れてきた人間にとって、手札は五感の延長になる。

「ディーラーの経験が？」

「まさか。見よう見まねさ」

ピアッサは三十三歳、前職はエンジニア。なんでも、二年前までは軍事関係のシステム作りをやっていたという。

「なんのためにギャンブルをやるんだい」

何か気のきいた文句でも聞けるかと思い、訊いてみた。

少し悩ましそうな顔をしてから、ピアッサがぽつりと答える。

「そりゃ、神に近づくためだろうな」

「そうかい」

ルイは慎重に相槌を打った。神に近づくため。威勢はいいが、ギャンブル依存症患者の決まり文句のようでもある。

が、これにはピアッサも思うところがあったのか、面映ゆそうにつけ加えてきた。

「それから、神に負けるためだ」

「クリスチャンかい？」

ルイにとっては、大事な質問だ。人智を超えるものを信じるギャンブラーは勝てない。だが、無神論者《アセイスト》よりはキリスト教徒や仏教徒が強い。それがルイの持論だった。

「もちろん、代々クリスチャンさ」

「組まないか？」

単刀直入に訊ねた。が、ピアッサは取り合わない。

「ごめんだね。組むといったら、イカサマか何かの話だろう？　E国のカジノはセキュリティも厳しい。だいたい、そんなやりかたで神に近づけるもんか」

「いいやピアッサ、きみは、絶対ぼくと組みたくなるんだ」

「何か必勝法でも考えたのか？」

ピアッサの目には、冷めた光が宿っている。

バスが検問にさしかかり、ライフルを持った警備兵が車内に乗りこんできた。兵士はルイたちの前で足を止めると、無言で人差し指を上に曲げた。順に、パスポートを兵士に手渡す。

ジャパニーズか、と兵士が漏らすのが聞こえた。

「地方旅行の許可証は？」

「まさか。今朝、国境を越えたばかりなんだ。そんなものあるかよ」

「許可証がなければ、ここは通せないんだが……」

「もしかしたら、それは最後のページに挟まってんじゃないかな」

兵士はもう一度パスポートを検《あらた》めると、頷いてルイに投げ返した。最後のページに、五ドル札を挟んでおいたのだ。金額はピアッサと示し合わせてある。すぐに、ピアッサのパスポートも返された。去りぎわに、警備兵は唇の前に指を二本立てる。煙草をくれ、という仕草だ。

だめだよ、と素っ気なくピアッサが断る。

兵士が踵《きびす》を返したところで、ピアッサがミネラルウォーターを口に含み、彼らに聞こえない小声でつぶやいた。

「ひどい国だな」

「ああ。でも、じきにそうじゃなくなる」

兵士の背を目で追いながら応じると、一瞬、ピアッサが怪訝そうな顔をした。

「なぜ?」

「ぼくがE国を乗っ取るからさ」

ルイとピアッサは首都の郊外に宿を取った。

さびれ、汚れているが、小さな中庭があるのがいい。バックパッカーたちのあいだでは有名な宿だ。何しろ、よそは百ドルも二百ドルもするホテルばかりで、選択肢がない。チェックインを終えて近くで食事を摂り、中庭のテーブルに陣取ったときには、もう日が暮れていた。

宿の一階はバーになっていて、そこから大音量のブレイクビーツが漏れ聞こえてくる。ウエイターに混じって、きつく香水をきかせた娼婦が出入りするのが見えた。隣のエチオピアではブンナ・ベッドと呼ばれる形式の宿だ。

中庭のテーブルに、旅行者のための情報ノートが置かれていた。おすすめの古着屋や、うまいバスの乗り方。隣国のビザを取る方法。どこかギャンブラーにも近い、澄んだ情熱にノートは充ち満ちている。世界を見ること。ただ、世界を見ること。

頭上の葡萄棚に結わえられた蛍光灯が、ちかちかと瞬く。

ときおり地元の男たちが娼婦を連れて、電気もない一階の部屋へと入っていく。ルイとピアッサを除いて、中庭にはすっかり誰もいなくなっていた。二人は特に何か話すでもなく、向き合ってコーヒーを飲んでいた。

誇大妄想の旅行者とどう言って別れようか、ピアッサは思案しているようにも見える。

「あの深夜のバススタンドからずっと、きみを観察していた」

意を決して、ルイはそう切り出した。

「移動は安いバス。西欧人のわりに、荷物はコンパクトにまとめられている。旅の必需品は現地製が多い。この宿だって、E国では最低ランクだ。でも、それは昔ながらの貧乏旅行のためとも違う」

ピアッサが組んでいた腕を解き、すぐに組み直す。眉はひそめられたままだ。

「そう、きみはギャンブラーだった」

ルイはぬるくなったコーヒーのカップを手に取った。

「ブラックジャックの賭けにはまるで躊躇がない。ではなんのために、そんなふうに資金を切りつめるのか？　決まってる。たとえばポーカーで、勝負所の最後の百ドルが足りずに泣きを見る。よくある話だ。熱くなって、レイズにレイズが重ねられてくると、ときに後悔が胸をよぎる。あのとき飛行機じゃなくバスを使っていれば。食事はファストフードで済ませておけば。そんな後悔のために判断を誤ったり、負けを受け入れられなくなったりするものだ。そうした事態を極力避けるためにも、きみは稼いだ自分の資金を守り抜いてきた。そうだろう？」

「まあね」

「だから、ぼくがきみに声をかけたのは、それなりに根拠があった上でのことだったんだ」

「E国を乗っ取るってのは、何かの比喩か？」

「いいや。もう長いこと、プランを練っている。ここは、個人が乗っ取ることができる稀有な国だからな」

「よくわからないな。つまり、王様にでもなりたいのか」

バーの曲が変わった。

パアン、と外でタイヤの弾ける音がした。蚊が一匹、のろのろと飛んできてルイの腕に止まる。マラリア蚊ではない。ルイはそっと腕を払った。

「なあ、ピアッサ。きみの国は、きみの心にとって居心地のいいものかい」

「まあね、だいたいのものは揃ってる」

「それで満足か？」

カップを手に、ピアッサが短く息をつく。やや、苛ついたような調子が感じられた。

「旅人みたいなことを訊かないでくれ」

「旅人が嫌いか？」

「そうとも限らないが……」

語尾を濁らせながら、ピアッサが例のモーリタニアの煙草をくわえた。

「ただ、自分の国が嫌いなやつは、結局、どこへ行ったって、何を見たって同じことさ。そういう連中は、自分の国が嫌いなつもりで、本当は世界全体が嫌いなのさ。だけれども、そうした内面の葛藤を認めきれないんだ」

「……そういうやつがいることは否定しない」

ルイは穏やかに認めた。

「質問がまずかったよ。ぼくは何も、きみの国や自分の国を否定したいわけじゃない」

「どうかな」

「言い換えさせてくれ。どの国に移ろうと、国をどう変えようと、しょせん、人は国によって構造化されている」

構造化。この異国の雰囲気にあっては、そぐわないように感じられる、冷たい言い回しだ。が、この一言でピアッサがやや前屈みになった。

「そうだろう？」

と、そこにルイはたたみかける。

「人は国を越えられない。それはぼくにもわかってるんだ。だけど、国は人心を食べて育つ側面がある。それは、きみだって認めるところだろう？」

「認める《ベット》」ピアッサは短く、それだけを答えた。

「ならば、いくつもの国にまたがって支えられる自我のありようがあったっていい」

「それこそ旅人じゃないのか？」

「旅行者であるということは、何にも支えられないことで成立する」

ルイは短く反論した。

「でも、ぼくはあくまで生活者を対象として考えたいんだ。だからその点では、いまのE国も面白いかもしれないよ。このカジノ中心のテーマパークは、本当は子供にだって楽しめるものさ。あるいは、世界一楽しい国かもしれない」

ピアッサは視線をそらしながらも、指先でカップをいじっていた。

その様子に、ルイは手応えを感じはじめていた。人を惹きつけ蘇らせるのは、いつだって悪路を跳ね突き進むバスなのだ。

「それにしても、だ」

ルイはつづけた。

「貯めた金を持って勝負を挑みにきながら、どこかあとあと虚しさが残ることも、カジノに足を踏み入れてすらいない現時点で、すでにぼくらは知っているだろう？　ぼくはねピアッサ、訪れた人を蘇らせる国をこそ作りたいんだ」

＊

ルイが学生街のフリー雀荘にはじめて足を踏み入れたのは、高校一年のころだった。

アルバイトで貯めた三万円を財布に入れて、恐るおそる、ビルの四階の鉄扉をノックした。

日曜の昼の落ち着いた賑わいだった。学生。休憩中のタクシー運転手。年金生活の婆さん。水商売の若い女性。交わされるボヤキと罵声、ため息、そしてチップ。財布が空になるまでに二日もった。その日から、ルイの世界は反転した。

煙草の煙を照らす白い蛍光灯。老朽化したビルの湿り気と、博奕のもたらす地熱のようなもの。都会の夜闇には、どこまでも入りこむことができた。文化の外へ、社会の外へ、言語の外へ――そんなことを、ルイは漠然と考えていた。ルイは脳に風を感じていた。

ルイの活動の場は徐々に広がった。海を渡り、詩を書き、歌を歌うことを覚えた。月夜のパーティの歓喜を知った。アフリカをめぐり、サバンナの広がりやサハラの乾きを内に持つことを知った。次第に、人の素朴な生活を、まっとうな営みをルイは好むようになった。

帰国してから、ルイは技術者の職を得た。

頭の回転だけは自信があった。というより、それがルイの唯一の持ちものだった。それから三年。ルイは、それまで覚えた色のすべてを忘れていた。いや、むしろ忘れまいとして、変質を恐れ、蝕まれまいとして、ルイは閉じた偏屈な人間になっていた。プライドと抗鬱剤と乾いたユーモアが、かろうじて皆のプロジェクトを支えていた。

ここに至り、すでに大勢が直面している問題に、やっとルイは突き当たった。この国に、ルイを蘇らせるものが見当たらない。ルイは二十六歳だった。

＊

四十度の炎天下、宿なしたちが力なく歩道に横たわっている。省庁や大使館の並ぶ、首都の目抜き通りなのにだ。その大通りを、一人の羊飼いがゆっくりと群れをひきつれて渡っていく。湿気がないので、暑さはさほど気にならない。ただ際限なく乾き、疲弊した。

通りの向こうには、例の螺旋状の塔がそびえている。はるか上部に足場が作られ、鉄骨がむき出しになっているのがかろうじて見て取れた。上へ。もっと、上へ。円柱の直径は想像していたよりはるかに大きく、近づくにつれ、その圧迫感が増していく。

「そういえば、タッジは試してみたか？」

ふとそう口にしながら、ピアッサがハンカチを額にあてた。が、汗はとうに乾ききっていて、ハンカチでは日除けにもならない。

「タッジ？　蜂蜜酒か？」

「うまい店を聞いてきたんだ。娼婦たちがうるさいらしいけど、砂糖を混ぜてない、純粋なタッジなんだとか。あとで行ってみないか」

「夕方も夜も暑いし、きっとうまいだろうな」

来た。塔の入口だ。

二階部に大きく、四色刷の広告を思わせる稚拙な肖像画がペイントされている。E国国王、ムラトゥ・ゲブレだ。ベタ塗りの褐色の肌が、風雨にさらされ、色あせていた。

「ディズニーランドへようこそ」

一緒に肖像画を見上げていたピアッサが、揶揄するようにそんなことをつぶやく。

塔は補修を重ね、古い箇所と真新しい箇所がまぜこぜになっていた。壁材が取れてそのままになっている一角すらある。その至るところから、パラボラアンテナが突きだしていた。

この異形のバベルの塔の敵は、天の雷《いかずち》ではない。
罰《ばち》当たりなカジノを憎む反政府勢力による、地を這うようなテロリズムだ。これまで塔にはいくつもの爆弾が持ちこまれ、そのうちのいくつかは未然に解体され、いくつかが破裂した。が、塔を倒すにはまだ至らない。

下層階のカジノにはE国の庶民が集まり、酒を飲みながらゲームを楽しむ。が、階が上がるにつれて、賭けの金額は上がっていく。刺激に飢えたヨーロッパのハイローラーたちは、六十階のヘリポートに直接乗りこんでくる。そのさらに上、最上階では賭け金の上限がないという。仮に世界ランクの富豪が最上階に乗りこみ、全財産をルーレットの赤に賭け、それで赤が出たとする。そうすれば、この国はもう彼のもの。これがE国の原則だ。

侵略を容認したシステムの上に立つ国家。それが、E国の表向きの顔だ。

最上階では、国王自らがディーラーに扮することもある。これまで幾人かが挑戦したが、いまのところ、ことごとく敗北している。結局、最初からそのようにできているというのが、ルイとピアッサの共通見解だ。

「どうせ、何か仕掛けがあるんだろうよ」とピアッサは言う。

「もしそうなら、そこが狙い目になる」

「まったく自信家だな。さっそく、その腕前を見せてくれよ」

セキュリティチェックを抜ける。

塔の一階部はほとんど迷路状になっていた。銀行や商店の前に、所狭しと屋台の雑貨屋や土産物屋、ジューススタンドが並ぶ。商業施設は上の階にもあるが、上層階に行くに従い、居住施設の比率が増えていくようだ。この塔内の雰囲気は、英語のガイドブックが簡潔に言い表している。いわく、塔の形をした九龍城。

歩きながら、ポケットの布越しにパスポートの感触を確認する。細身のジーンズのポケットに、ルイは直接現金とパスポートを入れていた。どこの国でも、混雑した人通りの多いところでは、結局それが一番安全だとルイは考えている。

「ずいぶん楽しそうな国じゃないか」とピアッサが口を開く。

「テーマパークさ」

「世界なんて、そもそもがテーマパークだろう？」

ピアッサがすかさず返してくる。

そうは思わなかったが、小さく首を振るにとどめておいた。博奕で勝つためには、否が応でもそれに近いことを考えなくてはならない。すべてはチップだと。先ほどの羊飼いが密かに宿しているかもしれない思想も、かつて詩人のランボーが目指したこの北アフリカの砂漠も、それを見る自分の心もだ。すべてはチップであり、そこに意味を見出したら負ける。

通りを抜けると、ひときわ混雑した一角があった。

段ボール箱と椅子を並べた、即席のブラックジャックのテーブルが並んでいる。客の怒鳴り声やディーラーのだみ声の狭間に、アラビア語のポップスが流れていた。

アメリカ人らしき男が一人、熱くなって賭け金を増やしているのが見て取れる。

「あんな露店、どうせイカサマだろうにな」

横を歩くピアッサがささやいた。

「最初は勝たせておいて、あとでむしり取る。定番のやり口だ。まあ、でもそんなことはあのアメリカ人だって知ってるんだよな」

「だろうね」

「こんな場所にいたってなんにもならない。ルイ、さっさとカジノへ行こうぜ」

「いや、ここはここで面白く思えてきた」

ちょうど、アメリカ人が顔を赤くして席を立ったところだ。ルイは人混みにわけ入り、立ったまま段ボール箱に紙幣を二枚投げた。すぐにカードが配られる。クイーンと、それからエース。ブラックジャックだ。

「おめでとう、二・五倍だな」

腰布にワイシャツを着込んだディーラーが、ディナール札をカードの上に投げる。その頭上に、ルイは声を投げかけた。

「足りないぜ」

反射的に、ディーラーが賭け金を検める。

一枚目の百ディナール札を脇に寄せたとき、その眉間に一筋の縦皺が寄った。下にある二枚目の札が、すり切れた百ドル札だったからだ。

「こりゃ無効だぜ」

「どうしてだい」

「見ればわかるだろう？　俺たちゃ、五ドル十ドルで遊んでんだよ」

ルイのやったことは、ルーレットなどで二枚に重ねた五ドルチップの下側を、目が出てから五百ドルチップとすりかえるテクニックに近い。今回の場合、最初は勝つとわかっているのだから、そんな手間すらいらないわけだ。

「そりゃ理屈になってないよ」

さりげなく、ピアッサが横槍を入れた。

「みんなはどう思う？」

言って、ルイはあたりを見回した。見物客たちはにやにやしながら目配せしあっている。ディーラーのイカサマなんか誰もが知っている。そして、こういうこともたまにあるのだろう。

やれやれ、と先ほどのアメリカ人がため息をついた。

「無効にするかわりに、ディーラーのおごりでみんなでビールでも飲むってのはどうだ？」

「あんなこと言ってるぜ」

ルイが苦笑したところで、わかったよ、とディーラーが苦々しそうに認める。

すぐに並びのバーから、手際よく大量のボトルが回ってきた。ディーラーが観念し、有り金を段ボール箱の上に放り投げる。その金をディーラーの懐に戻してやり、ボトルを差し出した。

「酒の払いはいいさ。そんなことより、このあたりの元締めを一人紹介してくれないか」

「それだけでいいのか？」

怪訝そうに念を押しながら、ディーラーがボトルに口をつけた。

「くそ、味なんてわかるもんか」


元締めといって思い出すのは会田《あいだ》のじいさんだ。

かつて、ルイがゲームセンターの店番をやっていたころだ。時給は八百円。鍵っ子や売人、不法就労の外国人、地元のヤンキーや主婦の集まる妙な店だった。管理が適当で、仕事中に本が読めるのでそこを選んだ。その店のアルバイトの一人として働いていたのが、会田のじいさんだ。元は経営側にいたのが、借金を作り、人目を逃れて支店から支店へとめぐって店番をやっているという噂だった。

カウンターのなかには金庫や日報のほかに、従業員の読む漫画がいつも数冊あった。会田のじいさんはいつの間にかその漫画を読んでいて、居合わせた従業員は、だいたいその受け売りを聞かされた。

「俺らの世代は、無人島でもだいたい生きていけるくらいの知恵はあるからな」

そのときカウンターにあったのは、さいとう・たかをの『サバイバル』だった。

「俺も若いころは棒きれ一本で暴走族を相手にしたこともあるからな」

そのときカウンターにあったのは、佐木飛朗斗・所十三の『疾風伝説 特攻の拓』だった。

店番は二人一組で、夜になると、会田のじいさんは必ず千円札を出して近くの中華風チェーンの回鍋肉《ホイコーロー》弁当を従業員に振る舞った。こちらとしては、べつに食事代にまで困っているわけでもない。コレステロールの高そうな弁当への抵抗もある。ただ、戦後飢えていた少年時代に、雇い先の工場主が毎日弁当を食べさせてくれたという会田のじいさんの話を皆知っていたため、なんとなく、誰もがありがたくご馳走になっていた。もっとも、この話にしても何かの受け売りだという疑いは拭えない。とにかく、情に篤くほらふきな、どこにでもいるタイプのじいさんだった。

しかし少なくとも、会田のじいさんがギャンブラーであることは確かだった。

彼の賭場の話は細部にまで及び、生き生きと輝いていた。彼の知人の幾人かは、いまも現役とのことだった。ルイは一度、賭場につれて行ってもらいたいと考えていた。ある日思いついて、ルイは『麻雀放浪記』の漫画版をカウンターに忍ばせた。

翌日、会田のじいさんは機械の集金を終えると、こう切り出した。

「昔はあれだ、東京‐大阪間の列車のなかでも打ったもんよ」

「やっぱり旅費まで賭けちまったりするんですか」

「おうよ」

「いまもマンションで打ったりするんですか」

「打つも何も、いまもこの周辺のマンションは、俺が元締めみたいなもんよ」

元締め！

その晩、ルイは金庫から三十万円を持ち出した。どうしても見せ金が必要だったからだ。夜遅く、会田のじいさんに教わったマンションのインターホンを鳴らした。

言われた通り、天井のカメラに向けて笑顔を見せる。

会田さんの紹介で、とルイはマイクに向けて言った。まもなく鍵が開いた。金庫から出したままの、十万円ずつの束を入口で見せる。卓が欠けるまで、一時間ほどということだった。

ルイはソファに座り目を閉じた。

よくやるイメージトレーニングだった。

それは、ちょっとした回想からはじまる。小さいころ、両親につれられてモロッコのマラケシュを訪ねたときのことだ。古城の遺跡で、親たちは一つの悪戯《いたずら》を思いついた。ルイがきらびやかなモザイクに見入っている隙に、どこか物陰に隠れてしまうのだ。我に返ったルイは右を見る。そして左を見る。ついに途方にくれて、泣きわめく。

そういえば、ここはどこだっけ？

外国でルイが最初に覚える言葉は、いまも「どこ？」の一言だ。

ルイの両親は、もういない。

翌朝、三十万は百五十万になっていた。金を戻すために、ルイは一時間早く出勤した。下りたシャッターのつづく霧がかった通り沿いを歩き、二階の店へ向かう。鍵はすでに開いていた。不審に思いながら静かにドアをひくと、店内から昨晩の残りの煙草の煙が漏れ出した。指紋だらけの筐体《きょうたい》の画面や、漆喰のはげ落ちた壁。ピースボートのポスター。おしぼりで雑に拭かれただけの灰皿。カウンターには、すでに会田のじいさんが座っていた。春の日射しが差しこみ、店内は暖かい。会田のじいさんはルイに目をやると、一言だけ叱った。

「掃除がなってない」

「そうですか?」

どうしたものか思案しながら、ルイはとぼけた。

「そうだ、また入口にホームレスが寝てました」

「困ったもんだな! おまえ、ちょっと水かけてこい」

「やですよ」

「おまえな」

「あの人、会田さんの言うことしか聞かないんですもん。お願いです、頼りにしてますから」

早く金を戻さなくては。

会田のじいさんがぶつくさ言いながら入口に向かった隙に、ルイは金庫を開けた。このときの敗北感を、いまもルイは憶えている。金庫には、ルイが抜いたはずの三十万がきっちり揃っていた。

「ホームレスなんかいなかったぞ」

いつの間に戻ったのか、会田のじいさんがそう言って椅子をひいた。

「おかしいな、さっきはいましたよ」

「まあいい。それより勝ったんだろうな」

冷汗が流れた。

「まあ、とんとんかな」

何気ない調子を装いながら、そんなふうに応じた。

「紹介料と利子……十万でいいですか」

「大事な後輩からそんなもん取るかよ」

あとから聞いたところでは、会田のじいさんはルイに同額の外ウマを賭けていた。ということは、じいさんは寝ているだけで百二十万を儲けたことになる。借金返済の足しにはなったのだろうか。いや、すぐ使ってしまったのだろう。負けたらどうなっていたのか、いまもってルイは想像できない。あるいは、カウンターに置いてあった漫画次第なのかもしれない。

「何を笑ってるんだ？」

「なんでもないよ」

ピアッサの指摘に、ルイの回想は打ち切られる。

天井を仰ぐと、ごうごうと音を立ててファンが回っている。たまたま、客が誰もいなかったから入った食堂だった。茶色と黄色に塗られた壁を前に、プラスチックの椅子が並ぶ。かつて、インドの鉄道駅で似たような食堂を見た気がする。

ステンレスのプレートに載せたサンドイッチが運ばれてきた。このとき、ピアッサが人差し指を天井に向けて立てた。イスラム教徒が天を指す仕草に似ている。だが違う。

「上へ」とピアッサが真面目な顔つきで言った。

蠅が数匹、その手の周りを舞っている。ファンの音の下で、ルイは相手がつづきを言うのをじっと待った。

「上へ行くまでに、どれくらいの期間を見ている?」

すぐには答えず、ルイはサンドイッチを口に運んだ。

上。ピアッサが言うのは、ミニマムベットの跳ね上がる六十階以上のエリアのことだ。ここに、各国の富豪たちは集まってくる。だが、入るには高価な会員証のカードが必要だし、買うにも紹介が必要になる。

ただ、このカードは塔の下層階でも入手することができる。年に十枚か二十枚、無記名のカードが流れてくるのだ。なんとかカードを手にし、上層階に入りこんだギャンブラーは、ふたたびカードを失い、それがまた別の人間の手へ渡る。こうして実力で這い上がってくるギャンブラーが混じることも、会員にとってはアトラクションの一つに映るそうだ。

上へのカードは、フロアごとの元締めが集め管理しているということだった。ただし、どうやったら譲ってもらえるかは相手による。

「ここのカジノの天井を見たか？」

ピアッサは炭酸水で喉を湿らすと、こちらの答えを待たずに話題を変えた。

「いったい何台のカメラがこっちを向いてるんだろうな。ルイ。あんなもの、きみはどうやって欺こうってんだ？」

「あれは昔と違って、いまは無線ＬＡＮを使ったウェブカメラなんだよ」

ちらと周囲を窺ってから、ルイは抑揚なく応じた。

「電子会議のシステムに近いな。ただ、いくつかの画像処理のアルゴリズムを持っていて、問題のありそうな場面だけ管理者に通知する仕組みだ。たとえば、パープルチップ——五百ドルをルーレットの一点に賭けて、それが当たった場合なんかにね」

「なんだってそんなことを知ってるんだ？」

「知ってるも何も、ぼくは日本で三年間そのシステム作りをしてたのさ。まったくひどい重労働だったね。あれは日本のベンチャーの製品で、〈トンボアイ〉って名がついてる。ここに納入した際の、営業の苦労話でも聞かせてやろうか？　ま、そんなわけで、ぼくはこのシステムのアーキテクチャからアルゴリズムの隅々まで、全部頭に入ってるんだ」

「驚いたな」

「あと、ここのセキュリティはカメラだけじゃない。チップのそれぞれにＩＣが入っていて、この分布を〈アルキメデス〉という別のプログラムが監視している。何か不自然な分布を検知したら、管理者に警報を出す仕組みさ。ギャンブラー一人ひとりをチェックして警戒するのではなく、チップの動きさえ追跡できればそれでいいという考えだ。チップの持ち主が誰かなんて関係ない。このシステムはぼくがかかわったものじゃないけど、中身は知ってるよ。シンプルな、きれいなもんだったぜ。まるで、昔のライフゲームみたいな」


ライフゲーム。

コンピュータ黎明期に作られた、疑似生命のプログラムだ。これを動かすと、小さな点の一つひとつが、法則に従って万華鏡のように生まれては消滅する様子が見られる。小学生のころ、コンピュータを持たなかったルイは教室に方眼紙を持ちこみ、生命一個一個の点を書きこみ、世代の移り変わるさまを一枚一枚追跡していった。

そこには確かに営みがあった。

静かな音楽があった。

ライフゲームの点の配置には、いくつかの定石がある。一定の形に点を打っていくと、決まった一定の動きを見せるのだ。たとえば、〈グライダー〉だ。これは三個のL字形の点からなり、消滅と生成をくりかえしながら一直線に画面の端から端へ飛んでいく。〈グライダーガン〉は一定の周期で〈グライダー〉を生成し、また元の形に戻る。つまり、マシンガンみたいに〈グライダー〉を撃ちつづけることになる。一方で、〈イーター〉は〈グライダー〉を取りこみ、また元の形に戻る。だから、まるで〈グライダー〉が〈イーター〉に捕食されるように見える。

〈グライダーガン〉と〈イーター〉を画面上に配置すると壮観だ。〈グライダーガン〉は〈グライダー〉を吐き出しつづけ、〈イーター〉はそれを食べつづける。まるで昔の湾岸戦争の、首都爆撃の映像のようでもある。この単純な定石に、ルイは一つの縮図を見出している。

同じものを量産しつづける側。

同じものを消費しつづける側。


ピアッサは席を立ち、セロハンテープで留められたポスターを眺めていた。とうに色あせた、E国の遺跡の写真だ。隣国でも、同じものを見た記憶がある。

このポスターは好きだ。

ユネスコに指定されるような世界遺産とは程遠い、小規模な、稚拙とさえ言えそうな遺跡が写されている。E国がカジノに頼りきる前——新しいまっとうな国として、観光に力を入れようとしたころのものだった。

店の外からは、E国のポップスとともに人々のざわめきが聞こえてくる。なかば無意識に、ルイは荷物からボイスレコーダーを取り出し、そっとその音を録音した。

「何をしてるんだ？」

ポスターの前のピアッサに問われたが、なんでもない、とだけ答えておいた。

軽く頷きだけ返し、ピアッサが席に戻ってきた。

「……ぼくはきみという人間に関心がある」

椅子についたピアッサが、唐突にそんなことを口にする。

「きみがこの国でやろうとしていることも、もう少し見てみたくはある。だけど率直に言って、ぼくはきみという人間をまだ信頼しきったわけじゃない」

「どうしてだい」

「一国を買うほどの目的があるなら、こんな旅の行きずりの相手をパートナーに選ぶ時点で、そもそもおかしい。あるいは、きみの目的はもっと小さいんじゃないかとぼくは疑ってもいる。たとえば、せいぜい小博奕でぼくを騙して、千ドル二千ドルを得ようというようなね」

「行きずりじゃないよ」

ルイはぴしゃりと相手を遮った。

「ぼくは、あのバススタンドに毎晩通っていたんだ」

「嘘だろう?」

本当さ、と答えたところで、ピアッサは眉間に皺を寄せてしばし黙りこんだ。

「……もう少し考えさせてくれ」

「ああ、いくらでも考えればいい」

「いずれにしても、ぼくのカードはぼくが自分で手に入れる。きみのカードはきみが探す。これでいいか?」

「いや、カードはぼくが二枚とも手に入れる」

「なぜ?」

「きみに別にやってほしいことがある――この塔に、ネットワークセキュリティコンテストってアトラクションがあるのは知ってるか? 一言で言えば、ハッキングの大会だ。ほかのショーに比べると地味な代物なんだが、根強い人気がある」

どこに持っていたのか、ピアッサは一枚の五ドルチップを小指から親指へロールした。

「まさか、それに出ろとでも?」

「そのまさかだ。この塔ではこのコンテストの優勝者のプログラムが、新たなセキュリティシステムの一部として塔の上層に送られる。こうして動的にセキュリティを進化させる意図があるようだな。逆に言えば、塔をネットワークとして見た場合、ここが唯一の上への経路となる。わかるな? きみはコンテストで優勝して、ここ一番で〈トンボアイ〉の目をくらますための裏口《バックドア》を送りこむんだ」

＊

眠りは浅かった。

宿の一階のバーでは、大音量のポップスがひっきりなしにかけられていた。それがなんのために流されているのか、最初ルイはわからなかった。曲の切れ目に聞こえてくるのは、バーのざわめきではなかった。くぐもり、跳ね、潮のように満ちてはひく女たちの嬌声だ。

遠くで犬が吠えた。

闇に目を開けると、カーテンの隙間から差しこむ車のヘッドライトが、壁を舐めてすぎ去った。天井近くの通気口の向こうで、隣の部屋の蠟燭がゆらめいていた。蚊取り線香の煙が鼻をついた。女たちの声は夏の蟬のようにいっせいに揺れ、上下し、やがてまた日本の演歌にも似たE国のポップスに埋もれて消えた。

翌朝、部屋を出たルイは、昨日とは異なる床の感触に気がついた。それは一面に敷きつめられた松葉だった。音楽はやみ、掃除係やボーイがせわしなく行き来している。

そのうちの一人を呼び止め、ルイは訊いてみた。

「これはいったい？」

「ああ、今日は安息日だからね」

緩く頷き、宿の黄色い門を抜けた。雨が降ったりやんだりしていた。砂利道を広場へと抜ける途中、屋台のＣＤ屋の女店員が、指をくわえてルイを誘うポーズを取った。

ピアッサは昨晩から、ルイの渡したプログラムを解析している。

ルイはというと、宿を出て元締めの待つ塔八階のカジノに向かうことにした。エレベーターでなく、螺旋状に塔壁面を伝う階段を使う。これは験担《げんかつ》ぎのようなものだ。ほかの階にもそれぞれ元締めがいるはずだが、あのディーラーがたまたま懇意だったのが、八階カジノのオーナーだったのだ。

塔の階段はむき出しのコンクリートで、幾分かすり減っている。そこに、小窓から柔らかい光が差しこんでいた。杖をたてかけて階段に座りこむ老人が、小銭を求めて無言で手を差し出してくる。淡く、壁にしみついたアンモニア臭がした。子供が一人、ばたばたとルイの横を駆け抜ける。

どこからか入りこんでいた鳩が羽ばたき、低く舞った。

八階の表示を見て、ルイは塔内を歩き出す。次第に、スロットマシンの音が近づいてきた。目当てのカジノのモチーフは教会だった。ここにも、松葉が敷きつめられている。

レーザーが床を照らし、ついで青い十字架を照らし出す。天井は高く、装飾を施されたアーチが折り重なっていた。カジノが賑わう時間にはまだ早く、人は少ない。

問題の元締めは奥の講壇の前に座っていた。

「やあ」

と、その男が手を差し出してくる。法衣をまとった黒人だ。

「きみがルイか。俺がこのカジノのオーナーだ。ここでは、説教師と呼ばれている」

「あんたに用があるんだが……」

「だいたい察しはついている。そんなことなら、ここより匿名会に行くことを勧めたいがな」

ギャンブル匿名会——ギャンブル依存症患者の集まる施設のことだろう。

「あいにく、行ったことはないな」

「気の毒なことだ！」

説教師は叫ぶようにそう言うと、そこから一気にまくし立てはじめた。

「ぜひ一度、顔を出してみるといい。一堂に集められた、縁もゆかりもない他人たち。順繰りに語られる、ちっぽけで、類型的で、だけど何かしら意味深長な彼ら彼女らの物語。誰しも、最初は歯切れが悪いもんなんだ。でも、周りに支えられながら次第に語り出す。どんな子供時代だったか？　なぜギャンブルを選んでしまったのか？　ギャンブルが自分の何を破壊してしまったのか？　ベットが、コールが、レイズの一つひとつが、ワンペアが、フラッシュが、ストレートが、どれだけ啓示と輝きにあふれていたか？　赤が、黒が、リールの回転が、ステイが、バーストが、どれだけ人生の熱に満ちていたか？」

ここで説教師はいったん区切り、ちらとルイを窺った。

「けれど、それらが神の前でいかにちっぽけなものだったか――静まりかえる会、そして拍手！　砂漠の雨音のような、万雷のあの拍手！　これを知らずして、ルーレットの出目を事細かにメモするなんて！　握りしめた最後の五ドルチップが、それでも百万ドルに変わることを夢見つづけるなんて！」

話し終えた説教師が、こちらの目を覗きこんでくる。

適当に追い払ってやろうという魂胆だろうか。気のない素振りで、ルイはそれに応えた。

「……もっと安価で、効率のよいメソッドが精神医療には用意されてる。それは内観療法と言うんだ。保険も適用されるだろうしね――しかし、そうすると、あんたはこの塔にいながら賭けごとをやらないのかい？」

相手が頷き、また何か言わんとするのをルイは遮った。

「いや、あんたは上でプレイしたことがある。話を聞いて確信したね。上の上へ、どこまでも高みを目指した瞬間が、あんたの人生にはある。そこで、いったいどんな挫折があったんだい？　あんたはどんな見えない壁に突き当たったんだい？　匿名会よりも、その話をむしろ聞きたいね。いや、いい。てっとり早く用件を言おう。いまのあんたには不要なもの。そしてきっと、いまだ捨てきれずにいるものがあるはずだ。そうだろう？　ぼくは、それをもらい受けに来た」

「カードか」

「そうだ」

「どいつも、カード、カードだ！　気の毒なことだ！　いいだろう、ならば一つゲームをしようか。おまえが勝ったら、考えてやらないでもない。負けたら、上を目指したころのことも話してやるよ」

「ぼくが負けたら何を払うんだい？　金か？」

「ひざまずいて十字架にキスをしてもらう。あるいは、身ぐるみはがれて大使館送りになるかを選ぶんだな。前者が得だと思うんだが、大使館送りを選ぶやつのほうが多い。おかげで、ちっとも布教が進まなくてな」

「その統計について、あんたはどう思う」

「みんなちょっと、プライドが高すぎるんじゃないか」

「違いない」説教師の素朴な見解に、ルイは低く笑う。

「さて、ルールは簡単だ」

説教師が一冊の古びた聖書を講壇の裏から取り出し、こちらに差し出した。受け取り、試みにページを繰ってみる。文字が読めないが、おそらくはアムハラ語だ。

「破られてるページがあるぞ」

「若いころ、教会で借りたまま返しそびれたんだ。そのページには教会の名前がスタンプしてあってね。そのままだと、なんとなく罪の意識に苛《さいな》まれるからな。まあ、なんの変哲もない聖書さ。そこに、おまえから見えないように俺がペーパーナイフを差しこむ。それがどの章にあるのか、おまえが当てるというわけだ」

「えらく、あんたに分《ぶ》がいいゲームだな」

「気に入らない相手が来たときは、このゲームを持ちかけることにしている」

「悪かったな」

「だからせめて、俺がナイフをどの章に差したか、おまえは三つまで質問をすることができる。それで絞りこむというわけだ」

そこまで言うと、説教師は聖書を取り戻し、講壇の陰でナイフを差した。それから、もう一冊の聖書を手渡してくる。こちらはほぼ新品で、英語で書かれたものだ。

「その聖書を開いて、俺がナイフを差した章を示せ」

ページをめくりながら、しばし黙考する。きっと何か、発想の転換が必要なのだろう。何気なく最後のページを見ると、この教会カジノの名前がスタンプしてあった。

「……わかった、最初の質問だ」

「どうぞ」

「ぼくがもう一冊の聖書を使うことに、このゲームの意味がある。そうなのか?」

「そうだ」

相手は頷くと、すっと表情の起伏を消し去った。気温の下がるようなポーカーフェイスだ。

「いいのか？　もっと具体的なことを訊かなくて」

「そうだな。じゃあ、次の質問だ。あんたが若いころ聖書を借りた教会ってのが、どんな場所にあったのか聞かせてくれ」

「そんな質問ははじめてだな。それでいいのか」

「ああ」

「いいだろう、話そう。そのころ、俺は十四歳でね。実家は長距離バスの発着所にある雑貨屋だった。たまにやってくる観光客から、十倍のコーラの代金でもせしめられれば、それが月に一度のラッキーさ。通りには、いつも土埃が舞っていたな。さびれたモスクがあって、その塀の上をよく猫が歩いていた。ある日思い立って、俺はその通りをまっすぐ歩きはじめた」

「家出かい」

「ああ。やがて、のろのろとバスが通りかかった。太陽の照りつける下を窓も開けずに走るもんだから、その車体の熱さと言ったら、まるで大気圏を抜けたばかりの隕石さ」

説教師はつづける。

——俺はそれにただ乗りして、二泊、三泊、と延々山道を上っていった。砂漠が荒れ地になって、やがて新緑が道の左右に迫ってきた。俺は隣に座っていた軍人と仲良くなっていた。家出か？　と彼は訊いてきた。そうだ、さっきのおまえみたいにね。ああそうさ、と俺は応じた。

すると、こんなことを相手が言ってきた。この先に教会があるんだ、とね。訝《いぶか》しむ俺に、その軍人はつづけた。このあたりは地元でね、休暇を取って帰ってきたんだ。たしか、白いきれいな教会があったはずなんだ。よければ、一緒に行ってみないか。

「……とまあ、そんな場所にその教会はあった」

ルイが黙りこくっていると、「三つ目の質問は？」と説教師が促しにかかった。

「しかし喉が渇いたな。喋りすぎたようだ」

説教師はカジノを見回したが、近くにドリンクを運ぶ人間がいない。咳払いを一つ、こちらに向き直る。

「いいだろう、三つ目の質問だ」

少し考えてから、ルイは三本の指を立てた。

「もしかしたら、あんたがペーパーナイフを差し入れる章はいつも同じなんじゃないか？」

「その通り」

ややロ角を歪めながら、相手が頷く。

「さて。張ってもらおうか」

「オーケー、答えだ。ぼくが持ってるこの聖書じゃ、あんたの示すページは選べない」

「どうしてそう思う？」

「なぜって、これは普通の聖書。あんたの手元にあるのは、エチオピア正教会聖書だ。これらは別のテキストで、あんたの本にしかない章が複数ある。エチオピア正教会聖書はエチオピア国内――砂漠があって、緑があって、バスがどこまでものろいあの国でしか手に入らない」

「ふむ」

説教師がやや満足気に頷き、一枚の無記名カードを講壇に置いた。

「どうした、受け取らないのか？」

「いいや」

勝負はここからなのだ。首を振りながら、ルイは薄く笑った。

「ダブル・アップだ。ぼくが勝ったら、さらに一枚、計二枚のカードを用意してもらう」

「俺が持ってるカードはこの一枚だけだぞ」

「こちらが勝った場合、あんたは八方駆け回ってもう一枚のカードを探すのさ。負ければ、身ぐるみはがれた上に十字架にキスもしてやるよ。ただし、今度はぼくのほうからゲームを提案する。それがフェアだろ？」

「面白い」

我知らず、相手が身を乗り出してくるのがわかる。

そのぎらつく目を見てルイは思った。この国は、退屈に充ち満ちている。

ルイはポケットから自分のパスポートを取り出し、説教師に手渡した。

「見ての通り、日本国のパスポートだ。これがあれば、だいたいの国に入国できる」

「そのようだな」

説教師はパスポートをめくりながら言った。色とりどりのビザは、そのままルイの道程だ。東アジアから太平洋諸島。中東に中央アジア。アフリカ諸国。中南米。

「いまから、ある国の国名を紙に書いて裏返しにここに置く。あんたには、そのパスポートのビザか入出国のスタンプを指して、ぼくの書いた国を当ててもらう。これでは漠然としているから、絞りこむために三回まで質問ができる。はじめる前に、確認したいことはあるか？」

説教師は用心深くルイのパスポートに視線を落としたままだ。

宝石のきらめきのように白目が光る。

「このパスポートだが」

太い声で、説教師が指摘した。

「二十七ページから二十八ページにかけてが切り取られている。これはどうしたわけだ？」

「ああ。それは前に切り取ったものだ」

「なぜだ？」

「イスラエルの入出国スタンプがあったのさ。そのうち、海の向こうのイエメンに観光に行くつもりでね。イスラエルの渡航歴が残ってると、どうも入れないらしいんだ。ま、たぶん入国管理官は騙されてくれると思うぜ」

「ああ。きっとチャットで酔ってるだろうしな」

説教師が苦笑をよこした。チャットとは紅海周辺のこの地方でさかんな、若干の覚醒作用を持つ植物だ。それを、アフリカ大陸側ではチャットと呼ぶ。イエメンの役人たちは、午後になるともうこの草を嚙みはじめるという。

「わかった。イスラエルに行くと入国できなくなる国は多いしな。と、もう一つ。イランのビザが二枚あるな。この区別はどうする？」

「区別しない。どちらを指してもらってもいい」

「わかった、はじめよう」

ルイは手帳を破って国名を書きこみ、それを講壇の上に伏せた。説教師が腕を組む。スロットマシンの音が、ひときわ大きくなってきた。客が次第に増えてきているのだ。

「ビール！」

説教師が叫び、シスター姿の店員が盆を手に二人のもとへ急ぐ。

酒を待ってから、説教師は鋭い視線をルイに向ける。

「一つ目の質問――その国は、国際的に独立を認められているか？」

「いいとこ衝《つ》くね」

相手の意図はすぐにわかった。

たとえば、このあたりではソマリア北部のソマリランドだ。ここは長いこと半独立状態で、ルイのパスポートにも、ソマリア政府のものとソマリランドの二つの渡航歴がある。

「認められている」

ルイは短く答えた。

「ただし個人的には、ぼくはその国の独立を認めたくない」

「面白い」

説教師はくりかえすと、ビールの泡をすすった。

「よし、二つ目の質問——その国は、いまも存在するか？」

「存在する」

ルイはそれに答えて、

「さらに加えるなら、たとえばアフガニスタン首長国とアフガニスタン共和国はこのさい区別しない」

タリバン政権時代のアフガニスタン・イスラム首長国と、正式な政府によるアフガニスタン・イスラム共和国。この双方のビザも、ルイのパスポートには残されている。

説教師の目は知らず知らず見開かれ、口元に歪んだ笑みが浮かんでいた。その瞳が、ちらちらと上下左右に震えた。まるで、眠りかけの人間のようでもある。

「三つ目の質問だ。おまえは、その国を愛しているか？」

「とても好きな国だ。だが、変わらなければならない国だ」

「狸め」

そういえば、とルイはふと思い出す。

ルイの小さいころの仇名は狸だった。幼い彼は、そう呼ばれるたび深く傷ついた。

「このパスポートでは――」

口にしながら、説教師が閉じられた旅券の背をつついた。

「おまえの書いた国を指し示すことはできない」

「どうしてそう思う？」

「理由は、そのページが切り取られているからだ」

「イスラエルかい」

「違う。切り取られたページの、イスラエルのビザが貼られていたその反対側だ。そこに、おまえの示す解答がある。理由は簡単。一つ、絶対になければならないビザが、このパスポートには欠けているからだ。答えは、E国。そのビザは、かつて二十七ページか二十八ページのどちらかに貼られていた」

「それで全部かい？」

「ああ」

促され、ルイは卓上の紙きれをめくる。――E国。

「さあ、十字架にキスしてもらおうか」

「残念、ところがあんたの負けなんだ」

怪訝そうな顔をする説教師にルイが説明をすると、すぐに相手はE国国境の入国管理に電話を入れた。それから入国スタンプの片隅の「30」の数字が紛れもないビザであることを確認すると、一週間のうちにカードを用意することをルイに約束した。

「パスポートのビザかスタンプを指すこと。確かに、それが条件だったな」

「言ったろう？」

ルイはパスポートを回収し、元通りポケットに入れた。

「この国は、もう少し変わるべきだって」

「まったくだ」と説教師が渋面で答えた。


話はまだ残されている。かつて、説教師が上の階を目指したころの話を聞かなければならないからだ。それは、ルイたちにとっても大きな情報源になる。

が、説教師はなかなか話したがらず、幾度かビールで口を湿らせた。急かさないよう、ルイは黙って相手が話しはじめるのを待った。そのまま数分が経ったろうか。やっと、相手の口が開かれた。

「……俺はこの国のピーナツ売りの母、盲目の父の下に生まれた。兄弟はサウジアラビアに出稼ぎに出たきりだ。俺は家を出て、十七のときに塔に出入りするようになった。実家も、両親のことも愛している。だけど、俺の血は俺をカジノに向かわせた。英語も、アムハラ語も、アラビア語も、全部カジノで覚えた。〈上〉へ入ったのは十九のときだ。俺は肩で風を切って歩いていた。手札も、出目も、全部が俺のためにあった。俺は無敵だった」

――最初、上はここととなんら変わらないように思えた。すぐに取り返せると思ったんだ。単に賭け金が高いだけだってね。少しくらいの負けは気にならなかった。高級娼婦。政治家やその夫人。そいつらは豚か野菜かに見えていた。でも違った。負けは取り返せなかった。負けはどこまでもかさんでいった。

しばらくして気がついた。あいつらは、生まれながらにして勝ってるんだってな。そして、俺は見世物にされる動物みたいなものだった。あとでわかったことだが、あいつらの手元には俺のプロフィールが配られていたのさ。とうとう文無しになったとき、あいつらの一人に見せてもらったよ。地元出身の気鋭の、けれども決してあいつらに勝つことのできない気の毒な動物のプロフィールをね。学名、ホモサピエンス。

＊

「――で、彼は神に救いを求めたわけか？」

「さて、どうだかな。どちらかと言えば、クリスチャンのふりをしているようにも見えたが」

虫が鳴いている。

いつもの宿の、夜の中庭だ。停電のため、テーブルには二本の蠟燭が立てられている。その傍らに、ピアッサがプリントアウトしたソフトウェアの解析内容や不明点のメモが山と積まれていた。

「しかし、ここまでやってくれるとは思わなかったよ。基本的には、ぼくの作ったプログラムを動かしてくれれば、それで事足りたんだが」

「やると決めちまったからな」

セキュリティコンテストのルールは、ちょっとしたバトルロイヤルだ。

具体的には、カジノ側が用意し、プレイヤー一人ひとりに割り当てたダミーの物販サイトを守るというもの。サーバーは先方が用意するが、ウェブサーバーのプログラムはさまざまな脆弱性で知られている。そこで、こちらが用意した防衛用のプログラムの登場というわけだ。

見事優勝となれば、この防衛用のプログラムをカジノ側が採用することになる。

「送りこむ裏口《バックドア》も、一見するとバグにしか見えない」

ぽん、とピアッサが資料の山を叩いた。

「これなら、ぼくが罪に問われることもなさそうだ。考えたもんだな」

「それは当然そうするさ。カジノのセキュリティに使われるとあれば、E国の優秀なエンジニアたちの厳しいチェックが入るからな。そいつらの目も欺かなければならない」

「しかし、まだ点《つ》かないな」

ピアッサがぼやいたのは電気についてだ。E国の電力供給は、塔とその周りを除いて安定性が低い。こうなってしまっては、アプリケーションの解析も何もない。バーの音楽はやみ、ざわめきだけが漏れ聞こえている。閉じた部屋から、女のうめき声が聞こえてきた。

いま、日本では何時ごろだろう。

スミカはどうしているだろう？　やはり、あの蛇のぬいぐるみを抱いて寝ているのか。狭い縦長の1Kの部屋が思い出されたところで、やれやれ、とピアッサが嘆息した。

「しばらく休憩か。このへんじゃマリファナは買えないのか？」

「エチオピアから入っているらしい。ラスタマンの末裔が栽培してるそうだから、質はいいんじゃないか。でも、区切りがつくまでは控えてもらいたい。できれば、女も買わないでほしい」

「買わないよ」

心外そうに、ピアッサが眉間に皺を寄せる。

「ぼくは、異文化間の売春は強姦だと思ってるんだ。当人たちの意志にかかわらずね」

「……先にカードを渡しておこう。ぼくのぶんは、来週には手に入る」

ルイは説教師の無記名のカードをテーブルに置いた。

ピアッサがすぐにそれを受け取り、財布に入れる。このときだ。財布に、同種のカードが挟まれているのをルイは垣間見た。

「もう手に入れてたのか？」

「ばれたか。いや、これは最初から持ってたのさ。でも、このカードをぼくは使えない。すでに名前が入っているからね。このカードは、親父のカードなんだ」


ピアッサの父親はイタリアの大学で教える考古学者だったという。

問題のカードは教授会の紹介で手に入れたが、使ってみようとは夢にも思わなかった。が、たまたま発掘で、いまのE国、当時のE保留区を訪れた。やがて、類人猿のものとおぼしき小さな下顎が出た。当時の考古学の前提をくつがえす可能性のある発見だった。彼らは祝杯をあげ、そして手伝い連中が彼をカジノへと誘い入れた。

そのころは、まだ塔とも呼べない十階建てほどの建物だったそうだ。

彼にとっては何もかもはじめての体験だった。ギャンブルなどやったことがなかった。最初、彼は下層階で皆と遊んでいた。カードを使おうなどとは考えてもいなかった。

ルーレットの出目が彼を狂わせた。カジノへの祝儀のつもりで一点に賭けた百ドルが、三十六倍、三千六百ドルになったのだ。この瞬間、ギャンブルの魔が彼にからみついた。

「実は、わたしはカードを持っているんだ」

それからは言うまでもない。

会員向けの十階のカジノで、彼はしばらく勝ったり負けたりをくりかえした。最初は、普段と変わらない様子だった。ところが、やがて皆のもとに顔を出さず、ホテルにも戻らないようになった。

毎日母国に入れていた連絡がとだえた。

帰国便がキャンセルされ、一週間後に延期された。まもなくして、彼は文無しになった。

彼は帰国便の払い戻しまではしなかった。家族の存在が、ぎりぎりのところで彼を現世につなぎとめていた。が、手元に残ったのはカード一枚だけだった。彼は顎骨《がくこつ》を手放していた。百万ドルの価値がある、と彼はカジノ側に主張した。それから、三千ドルでそれを売り払った。

「それからも一生涯、親父はカードを手放さなかった」

蠟燭の炎を見つめながら、ルイはピアッサの話を聞いた。蠟の端は垂れて固まり、長く歪んだつららを作っている。ここでふと、ピアッサが話をそらした。

「……停電がないと、旅をしている感じがしないと思わないか？」

「まったくだね」

頭上の木の葉から水滴が一つ、ルイの首筋に落ちた。

「顎骨は結局、どこへ行ったんだい」

「ここにある」

そう言って、ピアッサはバッグから雑誌を取り出した。『カジノ・エンターテインメント』

――これはルイも目にしたことがある。三十年の歴史を持つ、世界的なカジノ専門誌だ。

「あの塔の六十階がここで取り上げられていてね」

ピアッサはプリントアウトの束の上に雑誌を広げた。

「この写真だ。――ここのウインドウに、各国の金持ちたちが落としていった貴重品が展示されているんだ。たとえば、ロレックス。高級車の鍵。古い金貨。その他さまざまだ。……この隅っこに、しっかり並んでいるのがわかるか。良好な保存状態の、類人猿の顎骨が」

「年代測定はされてないのか」

「間抜けな考古学者の、自称百万ドルの骨だからね。誰も相手にしやしないさ。でも、ぼくは信じてる。この砂漠の真んなかで――親父は確かに、この宇宙の見えざる何かに鑿《のみ》を入れたんだ。いま親父は故郷の川のほとりで、次の文明の考古学者に掘り出されるのを待ってる」

ルイは雑誌の表紙を検めた。二年前の、二月の発行だ。

「これを見て、きみは仕事をやめたんだな」

「ああ。そして、ぼくなりにここのことを調べてきた」

「親父さんの顎骨を取り戻すのに、いったいきみはどんな砂漠を掘らなきゃならないんだい」

「参加費十万ドルのビンゴゲーム」

ピアッサがこともなげに応じた。

「そんな金額、ギャンブル以外の何で手に入れられる?」

「きみは確かに、親父さんの血をひいてるんだろうよ」

蠟燭の明かりのなか、二人は低く笑った。

＊

ヴェールの下、アシュラフの腕には蜥蜴《とかげ》の刺青が彫られている。

彼女は二十四歳。

いま、塔にほど近い外国人向けのホテルに宿を取っている。出身はソマリアだ。食料援助プログラムで訪れたケニア人のアブディと結婚したが、まもなくソマリランドとの内戦が激化し、知人を八人失ったところで、アブディ一人が船でイエメンへと逃れることになった。この戦争では、女性が殺されなかったためだ。少なくとも、そのときはまだ。

アブディを見送った二年前の港を、アシュラフはいまだ昨日のこととして抱えている。

日々の辛苦に耐える難民たちでさえ驚くような、旧式の木造の貨物船だった。

牛や山羊と一緒に夫は船室に押しこめられた。アシュラフは外から船を見回したが、そこには救命具の一つも結わえられてはいなかった。昔のモダンな外装の名残りが、はげた青いペンキに残されていた。

日が沈むとともに、船はアラビア海に出航した。

港には同じような見送りの女性が幾人か、ヴェールの奥で身体を震わせていた。エンジンは旧式のヤマハ製。船はもうもうと黒煙をあげながら、やがて夜の洋上の一つの光の点になった。まばらな漁船の灯が水平線上に並んだ。それを見て、不意にアシュラフは数直線上の〈デデキント切断〉を思った。彼女の志は数学にあった。

夫からは、ときおり便りがEメールで届けられた。郵便局がまともに動いていない以上、それが一番てっとり早く確実な手段だった。太陽と水が交わり虹を作るように、一日のわずかな時間、電気と電話が同時に機能する。そのときを待ち、アシュラフはメーラーを起動した。

アブディはイタリア語の通訳として職を得たようだった。だが文面からはいつも、ソマリアへ戻ろうとする意欲が垣間見えた。アブディはアシュラフをつれてケニアに逃れる計画を立てていた。

内戦はいつまで経っても終わらない。アブディからは、もう待てない様子がありありと伝わってきた。そのたび、アシュラフは彼をなだめ、辛抱するよう言葉を尽くした。

アブディの命を奪ったのは戦火ではなかった。彼は二月の冬季に貨物船を手配し、ソマリアの港を目指して出航した。荒れたアラビア海が船をひっくり返し、乗客全員を洋上に放り出した。一人、物好きな西欧人観光客が船に乗っていたため、この事故は報じられた。

いま、彼女のベッドには二台のラップトップが並べられている。

彼女の仕事は、情報統制の厳しい国での反政府活動のため、国の目を欺く情報経路となる代理サーバーを提供することだった。クライアントは女性を働かせないため、夫の名義で彼らに接近した。ばれたらどうなるのかはわからない。目には目をの論理で、舌を抜かれでもするのか。それが、彼女には牢獄より恐ろしい。

危険を冒して、E国に入った理由は一つ。

E国カジノのセキュリティコンテストに出場し、トロイの木馬を塔の上層に送りこむためだ。名目は、夫の代理。それにより、彼女はスポンサーから十分な額の報酬を約束されている。アラビア海に沈む貨物船の場所を探り当て、サルベージするための。


彼女は心ならずも舌打ちした。

ハンドバッグから出したリップクリームが、E国の昼間の熱に溶け、すっかり液状になってしまっていたのだ。元々内面は激しやすい性格だった。彼女はホテルの冷蔵庫を開けると、そこにリップクリームをバッグごと放りこんだ。

そのときノックの音がした。

彼女はラップトップの上に毛布をかけ、ヴェールで髪を覆った。ドアスコープ越しに覗くと、見慣れない細身の東洋人が一人立っている。

「部屋をお間違えじゃない？」アシュラフは苛々しながら指摘した。

「いいえ、確かにここのはずです。何度も確認しましたから」

「ご用件は？」

「失礼ですが、あなたはアシュラフさんご本人ですか？」

念を押すように確認してくる。これで、だいたいの用件は呑みこめた。どうやってこの部屋を突き止めたのだろうとは思うが、近隣のホテルをしらみつぶしに探しでもしたのだろう。

「そうですが」

「今日はご相談にあがりました。けれど正直なところ、すんなりと受け入れられるとは思っていません。ということはある意味、単にお近づきになりたいだけのような気もします」

東洋人はいやに饒舌に並べ立ててから、

「単刀直入に申します——大会で組みませんか？」

「お断りします」

「では、一つぼくとゲームをしませんか？」

アシュラフはじっと相手を見つめ、しばしためらった。東洋人の顔立ちはわからないが、三十歳前後だろうか。突然怪しい申し出をしてくるわりに、透明感のようなものが感じられる。

「あなたのお名前は？」

「ルイ」

「では、五分後に」

アシュラフは探るようにささやいた。

彼女としても、大会に向けて情報が得られるならそれに越したことはない。いま門前払いをして、別の誰かと組まれても困る。まずは一度、会って話してみるべきだろう。

「下のロビーのカフェで。わたしはスペシャル・コーヒーを頼むから、それを目印にして。このホテルじゃ、そんなもの頼む人なんていないから」

スペシャル・コーヒーとは中東圏の飲み物で、コーヒーと紅茶を一対一の割合で混ぜた液体を指す。

味？

だいたい、コーヒーと紅茶を一対一で混ぜた味がする。


見渡すと、イスラム調の装飾の下、グランドピアノの前に高級ワインが並べられている。地元の民謡をトリップ・ホップ風にアレンジした曲が流れていた。新しい文化はいつだって、文化の衝突する火花のなか生まれる。

「まずお断りしておきますが、わたしは夫以外の誰とも組むつもりはありません」

東洋人——ルイが席に座るや否や、アシュラフはぴしゃりと宣言した。

「ご主人はいまどこに？」

「海の底にいます」

「失礼」

眼前で、ばつが悪そうに相手が咳払いをする。

「差し支えなければ、組めない理由を聞かせてもらえますか」

「あなたは出場者ではなく、誰かの代理人といったところでしょうね」

「まあ、そのようなところです」

「出場する人間なら、きっと誰でもわかることです。無数のワークステーションやパーソナルコンピュータ。これら一つひとつのノードのどこまでも広い暗闇を、一人きりで深く、深く潜っていく歓びを。火にも水にも変わる生まれたばかりの宇宙を！　わたしはそこで独力で扉を開け、経路を探り、膨張するネットワークの果てを目指して、そして……近づくんです」

饒舌に語りながらも、アシュラフは慎重に「神」という単語を避けた。

「わたしはまだ生まれいづる前の何物でもない言語をそこで喋り、まだ何者も奏でない音楽を聴くのです。植物相の語彙を！　動物相の音楽を！　この感覚は、知っている人間には説明不要で、知らない人には説明不能。それが、わたしたちのいる世界です。それを自ら進んで遠ざける人がいるでしょうか？」

ルイが面くらいながらも、ヴェール越しにこちらを凝視してくるのがわかる。その口元には、嘲笑とも侮蔑とも違う笑みが浮かんでいた。

不意にアシュラフは興を削がれ、黙りこんでしまった。

「たとえば――」

と、ここでルイの口が開かれた。

「ぼくはタリバン政権時代のアフガニスタンを訪れたことがあります。そこでインターネットに接続するためには、首都カブールのインターコンチネンタルホテルに出向いて、一時間につき五ドルを支払う必要がありました」

腕を組み、アシュラフはしばし相手の言を反芻する。

「……つまり、あなたはわたしの世界がかりそめのものだと？」

「一方で」

ルイはそれには答えなかった。

「この五ドルがどんな価値を持つかというと、戦時中に難民がパキスタンに逃れる際、国境で支払う賄賂の額なんです。五ドル札――一枚のエイブラハム・リンカーンを持っているかどうかが、ガス室か強制労働かの分岐点になる。だからつまり、ぼくが申し上げたいのは、あなたの世界がかりそめかどうかじゃなくて――だって、かりそめでないものなんて、ぼくには提示できません――あなたの世界が、一時間につき命一つの価値があるかどうかなんです」

ルイのエスプレッソコーヒーが運ばれてきた。イタリア占領時代の名残りのこのコーヒーは、暗く、どこまでも苦い。

アシュラフはふと好奇心にかられ、ルイに訊ねた。

「カブールではインターネットに接続したのですか」

「いいえ」

ルイの首が振られる。

「とても、つなげませんでした」

「あなたの図々しさのなかにある繊細な何物かに興味が湧いてきました。いえ、決して侮辱じゃないんです。アフガニスタンの話を、もう少し詳しく伺えますか？」

「五ドルは結局、国境で支払いました」

「パキスタンに抜けるカイバル峠？」

「南部からクエッタに抜けました。ぼくはタリバン側のビザも取っていて、なるべく彼らの勢力の強い南部にいたのです。ところが戦争がはじまってしまって」

「9・11——エチオピアの正月」

「そう。ぼくは地方にいたために逃げ遅れてしまったんです。情報も、なかなか伝わってはきませんでしたから。そうこうしているうちに、各国の大使館が退避してしまった。だから、逃げようにも周辺国のビザが取れなかったのです。ビザのいらない国、たとえば日本へ飛ぶことは考えられませんでした。陸づたいに、自分の両足で歩きたかったんです。そこで、手ぶらでパキスタンとの国境に向かいました。一枚の五ドル札——自由平等の象徴、一つのアメリカの潰《つい》えた夢——エイブラハム・リンカーンの肖像を持って。こんな話、退屈でしょう？」

「とんでもない。ところで、あなたはそこで、ムスリムのふりをしていたのですか？」

「まさか。コーランの暗記くらいはしましたが、ご存じのように、ムスリムの生活は幼少からの習慣の累積の上に成り立つもので、到底真似ることなんてできません。そこでぼくは、レトリカルではありますが、イスラム仏教派を名乗っていました」

「は！」

とうとうアシュラフは笑い出してしまった。

「おかしな人だとは思っていたけれど、とても正気とは思えない。でも、そのイスラム仏教派とやらには、なんだか興味をそそられます」

「あちらで旅する上での方便ですよ。問われて、仏教と答えるのも難しい情勢でしたから……。でも、求められるなら説明しましょう。まず前置きとして、仏教はべつに宗教でもなんでもない。一つの思想、哲学にすぎないとします。だから、イスラムと仏教は一部両立しうる。とまあ、だいたいこんな乱暴な説明をしていました。ことによると、これまでぼくが犯してきた罪のなかで最悪のものかもしれませんね」

「黒いターバンの人たちは、それを聞いて怒りませんでした？」

「多くはあなたと同じように、耳を傾けてくれましたよ。ぼくが彼らの立場を理解し、一定の共感を示していることは最初から伝わっていましたから。何しろ彼ら自身が、民族のアイデンティティをひき裂かれ、宗教上のアイデンティティをひき裂かれ、国民としてのアイデンティティをひき裂かれ、そのようにして育ってきているわけです。なんというか……イスラム仏教派なんてものが、現場で咄嗟に生まれた絵空事であることくらい、彼らにはわかっていました。それでも、彼らは喜んでくれました。外から目を向けられること。たとえ口先でも歩み寄られること。たったこれだけのことが、彼らには砂漠の水のように貴重なものだったから」

「あなたは」

ここまで黙って聞いていたアシュラフはふと割りこんだ。

「繊細で、なぜか自分を卑下する癖があって、そしてどういうわけか自殺的なギャンブルが好きなかたですね。これが中国――失礼、日本人のメンタリティなのでしょうか？」

「いえ、ぼくはただのギャンブラーです。ですから、最初に申し上げたじゃないですか。ぼくとゲームをしませんかって」

アシュラフはルイを部屋に上げると、ヴェールをソファの上に脱ぎ捨てた。腕に施した、蜥蜴の刺青があらわになる。

「びっくりした？」

躊躇なくヴェールを脱いだことに、だ。

「わたしはもともと敬虔なムスリムじゃないの。いまも、男のふりをして仕事してるくらい」

硬かったアシュラフの口調は、もう少し親しみを帯びたものになってきていた。

これを受けて、相手の言葉遣いも変わった。

「なるほど、ネットなら可能なわけだ」

「さて、あなたはどんな遊びを考えたの？」

ルイはバッグを開けると、ミネラルウォーターの瓶と一本の電熱コイルを取り出した。

「途上国の旅行者がよく使う、湯を沸かすためのコイルだ」

コップに水が注がれ、コイルが差される。電源が入った。まもなく、細かな水泡がコイルの芯に集まり出す。

「小さなコイルだから、この量の水だと、だいたい沸騰まで二分かかる。ぼくらは、その沸騰するまでの時間を当てる。沸くまでの時間が予想と近かったほうが勝ち。それだけだ」

「でも二分って決まってるんでしょう？　ここの電圧は一定じゃないにしても」

「水はぼくたちで半分ずつ用意する」

言いながら、ルイはもう一つの瓶を取り出した。

「工業用アルコールだ。これを混ぜることで、沸点が下がって沸くまでが早くなる。ぼくたちは相手に見えないよう、水とアルコールとを一定の割合で混ぜて、さらに二人分を一緒にしたものをゲームに使う」

「なるほど。で、わたしたちは何を賭けるの？　いくら敬虔じゃないとはいえ、宗教上、お金は賭けたくない」

「ぼくが勝てば、コンテストで協力してもらう。負ければ、こちらのプログラムのソースコードを丸ごと提供する。これでどうだろう？」

「それでいい」

「瓶は一本だから、順番を決めて混合液を作ろう。若干、あとのほうが有利だと思うから、提案者のぼくから液を作る」

「わたしがあっちを向いている隙に、あなたが第三の液体を混ぜない保証は？」

「水とアルコール、コップ、時間を書くための紙きれのほかは、すべて部屋の隅にどける」

「わかった」

アシュラフの同意を受け、ルイがさっそく液を作りはじめた。その間、背を向けて待つ。

「もういい？」

「終わった。時間も書いておいた」

振り向いて、アルコールと書かれた瓶を受け取る。鼻を近づけ、二度、三度と確かめた。

「まず、この液体はアルコールじゃない。それらしい匂いはついているけど、たぶんただの水でしょうね」

「鋭いね」

「そうすると、きっとその紙には二分と書かれているはず。さて、あなたがアルコール以外のものを使ったんだから、わたしも一つこちらで用意する。それがフェアでしょう？」

アシュラフは冷蔵庫からウォッカの瓶を取り出した。スピリタス——アルコール度数、九十六パーセントだ。それをコップいっぱいにまで注ぐと、ルイの目の前で紙きれに「一分五十九秒」と書き入れた。

「さあ、蒸発してしまわないうちにはじめましょうか」

アシュラフは部屋の置き時計をテーブルに移して、液を混ぜてコイルの電源を入れる。先ほどとは打ってかわった勢いで、水泡が集まり出す。

それを見ながら、ルイがふと口を開く。

「鉱石の結晶みたいだと思わないか？」

「軽口を言えるのもいまのうちでしょう？　あなたの言うソースコードも、どれだけ信用できるものか。だいたい——」

バタン、という音にアシュラフの言葉は遮られた。瞬間、明かりという明かりが消えた。

停電だ。

低く、アシュラフはため息をついてコイルをコンセントから外し、グラスから出した。

マッチの火花が散る。闇のなか、彼女はマッチ棒をコップに放りこんだ。水面が燃え、ぼうっと二人の顔を照らし出した。

影が長く伸びた。

「運のいい人」

アシュラフはまた嘆息した。

「このホテルは高いだけあって自家発電装置がついている。でも、起動するまでは二分くらい。いまごろ、従業員が必死にガソリンでも補給してるころでしょう。こんなときに停電するなんて、なんだかあなたが好きになってきたくらい。無効だとは言わない。おめでとう——あなたの勝ちでいい」

そこまで言ってから、やっと外の風景に気がついた。

砂漠の真んなかの人工都市が、闇夜に煌々と明かりを灯している。明かりが落ちているのは、このホテルだけだった。この男が、ホテルの配電盤か何かに細工をしたのだ。おそらくは、水のトリックが露呈したときの保険として。

「ばれたか」

ばつが悪そうに、ルイが頭を掻いた。

「でも、さすがにこんな方法じゃ協力は仰げないかな」

「あなたはやっぱりどこかおかしい」

アシュラフは足を組んでソファの背に首を預けた。ぎしり、とソファの軋む音がする。視界の隅で、ちらちらとスピリタスの火が揺れた。

「具体的な作戦を聞かせてもらえる？」

＊

大会の舞台は塔の二十四階のインターネットスペースだった。参加者はピアッサとアシュラフのほかに、インド人のラディ、ロシア人のザリョージョフ、それからアメリカ人のダニエル。その五人が、昔の映画の宇宙船か何かを思わせるレトロなブースに座り、輪を作っている。

ルイは開始十五分前に会場に入り、席についた。

塔のアトラクションのなかでは地味な部類に入るため、参加者も観戦者も少ない。

輪の中心には、観戦用のディスプレイが四方に向けて設置されている。そこに五人の配置を示す五芒星《ごぼうせい》、それから観戦の都合上、受けている攻撃の量が表示される仕組みだ。

アシュラフからは限定的な協力を得ることに成功した。彼女の部屋でルイが話した内容は、このようなものだ。

「今回、ゲームのステージは四つに分けられる。つまり、五人のとき。四人のとき。三人のとき。それから、二人のとき。ぼくらの目的は、この最後の二人に残ること。そこから先は双方の実力勝負。これで異存はないだろう？」

「ええ」

「さて、今回のゲームのルールはこうだ」

紙きれに図を描きながら、ルイは説明した。

「まず、カジノ側が用意したダミーの物販サイトをそれぞれが運営する。顧客のアカウントはプレイヤーごとに二百あって、それを通じて、カジノ側のボット、つまりダミーの顧客が定期的に商品を購入する。だから正常にサイトが動いている限り、運営資金は増えていく。運営資金といっても架空のものだけどね」

「対して、資金繰りの概念がある」

「そう。商品が購入されていく一方、運営費などが差しひかれていく。ここで赤字になり、最終的に資金がゼロになると、その時点で負けが確定する。したがって、攻撃側は相手の顧客のアカウントを乗っ取って購入をキャンセルしたり――」

「アカウントそのものを消す」

「うん、そのほうがいい。だから、攻撃側はうまくサーバーを替えながら、しらみつぶしに相手方の顧客のパスワードを当たっていくことになる。でも、これだと何年もかかってしまうから、あらかじめ、アカウント名とパスワードは所定のパスワードリストから各プレイヤーごとにランダムに割り振られる」

物販サイトの構成やパスワードリストは、大会に先んじて主催者側が公開している。

パスワードは膨大な数にのぼり、十万か百万か数えきれないが、これはどのみちコンピュータが処理する。だから厳密には、いわゆるパスワードリスト攻撃の大会ということになる。

「そう考えると、このゲームはかなり単純な構造になる。多少のプログラムの出来不出来、あるいはツールの精度の違いはあるにしても、問題は、どれだけ攻撃を受けず、逆にどれだけの攻撃を与えられるかにかかっている。だからおおむね、参加者たちはその場の状況に応じて協力したり反目したりしながら、一人ひとりつぶしていく結果になる」

「でしょうね」

「どれだけ攻撃を受ければ資金が尽きるかは、はっきり言えば運次第だ。攻撃はただ手数勝負。でも、基本的には確率の世界だ。攻撃を多く受ければ、すぐさまアカウントの一つか二つは乗っ取られる。そして攻撃を受けつづければ、いずれ資金が尽きる。重要なのは、リスト上のどのアカウントやパスワードをすでに使ったか、攻撃側に情報が累積していくことだ。ただし、攻撃側に累積する情報は、プレイヤー間で共有されない。そうした通信は禁止されている」

「だから、いくら攻撃を受けようとも、その攻撃をしている相手が撃破されれば、敵方の持つ情報がゼロに戻る」

「そう。では、まず五人の場合だ。バトルロイヤルでは一人ひとりつぶしていくのが常道だけれど、五人のときに集中攻撃は発生しない。仮に二人で集中攻撃を行っても、残りのメンバーはそれに参加しない。つまり、一人倒されて四人になった際、集中攻撃をした組がほかの相手の情報を持っていないのに対して、集中攻撃に参加しなかった側は、有利な情報を持つことになるからだ。すると結局、五人がそれぞれ均等に攻撃を受けている状態に均衡する」

「要は、五人それぞれ、均等にほかの四人を二十五パーセントずつ攻撃することになる？」

「問題は、このときぼくらが互いを攻撃する必要があるかどうかだ。同士討ちを避けようと思うなら、ほかの三人に三十三パーセントずつ攻撃できるのだから、そうしたほうが有利に思われる。でもそうじゃない。この場合、組んでいることが数字からばれて、四人になったあと、ぼくらのどちらかが集中攻撃を食らう。なぜなら、ぼくら二人ともを残して三人状態に入ることを許すと、必然的に自分が集中攻撃を受けるからだ」

「わたしたちの同士討ちを避けるためには？」

「敵方の三人に二十五パーセントずつの攻撃を割り振って、残り二十五パーセントは互いに空の攻撃を加える」

「空の攻撃？」

「最初からリストにないアカウントやパスワードを使って攻撃をする。そんなわけで、ぼくらは実質七十五パーセントの攻撃しか受けないから、二人ともが残る可能性は高くなる。まあ、ほかに組んでいるやつらがいるかもしれないことを考えると、五人状態は運とプログラムの精度勝負のところがある」


ブースのなかで、ピアッサは長く息をつく。

ちょうど、大会がはじまったところだ。ルイの推測通り、被攻撃率はそれぞれが百パーセントと表示されている。皆が互い違いに二十五パーセントの攻撃を分散させた結果、一人ひとりの被攻撃率が合計百パーセントになっているということだ。ルイの指示通り、アシュラフ以外の三人に二十五パーセントずつ攻撃を加える。アシュラフに対しては、空攻撃だ。

ディスプレイにはほかに、それぞれの資金も表示されている。

全員が、少しずつ資金を上積みしている状態だ。が、やがてその一角、ザリョージョフが赤字に転じた。ピアッサたちの資金の上昇量も、徐々に減ってきている。やがて、ザリョージョフの資金がゼロになった。一人脱落だ。

ピアッサはもう一度息をつき、手元のコーラのボトルを口に含む。

目をつむり、ルイの作戦を思い返した。

「さて、四人の場合――ここでは集中攻撃が成立する。仮にぼくらでAを集中攻撃するとして、残る一人をBとしようか。このときBはどう動くか。集中攻撃こそされるものの、ぼくらどちらかを攻撃しつづければ、Aが消えた三人状態になったあとも、ぼくらのどちらかを倒して二人状態に残れる可能性が生まれる。が、受けたダメージが二人状態に持ち越されるから、優勝までは難しい。そうでなくぼくらを五十パーセントずつ攻撃した場合は、三人状態で集中攻撃を受けるだけだ。だからBは、別の作戦を取らねばならない」

「具体的には？」

「四人状態でぼくらがAかBに集中攻撃を加えた場合、その場でAとBとが組んでぼくらのどちらかを集中攻撃するのが彼らにとっての次善の策になる。それなら五分五分になるからだ。でもそうなるくらいだったら、最初から組んでいるぼくらとしては、四人状態でも五人状態と同じ戦略――三十三パーセントずつ分散して攻撃し、仲間には空攻撃するほうが好都合だ」

「ふむ」

「したがって、相手が集中攻撃をしてこない限りは、ぼくらは集中攻撃をしない方針を取るとアシュラフには伝えている。とはいえ、四人状態でパートナーを作っておくと、そのまま二人ともが三人状態に残った場合、きわめて有利になる。そして、集中攻撃時の勝率が五分五分である以上、相手の二人が咄嗟に組んで攻撃を仕掛けてくる可能性はある」

四人状態になった瞬間、数値に異変が起きた。アシュラフの被攻撃率が百三十三パーセントにまで跳ね上がった。集中攻撃の予兆だ。すぐに、ダニエル二百パーセント、ラディ〇パーセント、ピアッサ〇パーセント、アシュラフ二百パーセントの状態に均衡した。やがてダニエルが落ち、ディスプレイに残るのは三人になった。

「無事にアシュラフと三人状態に入れれば、することは一つ。残った一人への集中攻撃だ」

三人状態はすぐに均衡した。ラディ二百パーセント、ピアッサ〇パーセント、アシュラフ百パーセント。ラディの口元が、一瞬「なぜ」と動くのをピアッサは見逃さなかった。

ラディが落ちた。

「やっとだ」とピアッサは口中でつぶやく。

アシュラフとの一対一の勝負。再度、コーラのボトルを口に含む。本番には強くないタイプだ。つい、水分を摂りすぎてしまう。


「四人状態では、きみには面倒な仕事をしてもらう」

これは、ルイがピアッサにだけ伝えたことだった。

場所はいつもの宿の中庭だ。解析を終えたピアッサとの、最後の打ち合わせの場だった。

「四人状態になった瞬間、きみにはアシュラフ一人を攻撃してもらう。内訳は五割の空攻撃と五割のパスワードリスト攻撃といったところか。この目的は、まず二対二の状態を誘うこと。次に、四人状態でアシュラフを落としてしまわないこと。三人状態を彼女とのコンビで切り抜けること。最後に、あらかじめ有利を築いた上で二人状態に入り、勝つことだ」

「でも、そうしたら四人状態になった瞬間、アシュラフが百六十七パーセント、ぼくが百パーセント、ほか二人が六十七パーセントとなって、裏切りがばれちまうぜ」

「そうはならない。まず、数値が安定するより早く、皆が動いて二対二の状況が生まれるからだ。そしてこの瞬間だけ、きみは回線速度を三分の二に落とす。すると攻撃を受ける量が減り、きみの数値は見かけ上、六十七パーセントを超えない。皆の合計が四百パーセントにならなくなるが、それは一瞬のこと。裏切りはばれないのさ」

「速度を落とすか。その発想はなかったな」

「全力でパスワードをあたっていく前提だからな。案外気づきにくい、いわば制度の穴だ」

「待て、そうすると三人がアシュラフを集中攻撃してしまう事態にはならないか？」

「そうはならない。仮にきみとAがアシュラフを攻撃したとしよう。残るBの視点に立ってみると、当然、きみとAが手を結んでいる状態に見える。すると、そのまま三人状態に入ると集中攻撃を受けるのが目に見えている。だから、咄嗟にアシュラフと組んで二対二の状況を目指す。これなら五分だからね」

「二対二にならずに、ぼくだけがアシュラフを攻撃しつづける状況になったら？　つまり、残る二人はアシュラフへの攻撃をぼくまかせにして、三人状態を見据えて攻撃を分散させる。これはありうることだろう」

「その場合、アシュラフに伝えた通りの手筈に戻す。アシュラフへの集中攻撃をやめて、三十三パーセントずつ分散して攻撃をして、仲間には空攻撃。これでも五分だ」

「わかった。それで？」

「アシュラフの瞬発力に賭ける。二対二の状況に入りそうになったと察した時点で、アシュラフはきみと組んだつもりで、残るAかBのどちらかを一点攻撃する。仮にAが攻撃されたとしよう。この場合、Aはアシュラフを攻撃するしかない。目に見えないパートナー、つまりアシュラフを攻撃しているきみと組むことによってね。残されたBは、アシュラフとともにAを攻撃する」

「ところが三人状態に入って、アシュラフと組んでいたつもりのBが、ぼくら二人に集中攻撃される。そういうことか」

「その通りだ」

――二人状態がはじまった。

ディスプレイの表示は、どちらも百パーセント。もう、二人とも手を動かしてはいない。各々のプログラムを信じるだけだ。やがて、ディスプレイがピアッサの勝利を告げた。

賞金一万ドル、と大きく表示される。

「うまくいけば賞金はきみのものだ、ピアッサ。ビンゴゲーム参加費を十万ドルと考えると、決して少なくはない金額だろう？」

アシュラフはもうすべてを悟っていた。

三人状態でのラディの様子を不審に思い、すぐにログを解析してみたところ、四人状態で受けた攻撃に想定以上の空攻撃が含まれていたのだ。なぜ、あんな男の言うことに揺れてしまったのか。いや、それ以前に、なぜ水とアルコールのゲームなんかに応じたのか。

だが――と彼女は思う。あの晩、ルイと語り合った時間はどうだろう。貨物船の事故以来、凍っていた心が確かに何かに触れ、感じていたのだ。この現世は矛盾に満ちている。アシュラフは、ルイを恨む気にはなれなかった。夫を失って一人で闘いながら、しかし誰かに敗れ、打ち負かされたい。そんな気質を、そもそもの最初の段階から彼女は持っていた。

アシュラフはわざとホテルの部屋の電気を消し、蠟燭に火を灯した。ホテルの単調な間取りに、ふたたび自分の影が伸びる。アシュラフは憎々しげに炎を見つめていた。ルイよ、もう一度この部屋にやってこい。そしてもう一度、闘いを仕掛けてこい。

彼女は混乱した面持ちのまま、枕の下の貴重品袋を開けた。ソマリアのパスポートと、それから現金で五千ドルがある。

気がついたとき、彼女はヴェールもまとわずに塔の内部をさまよい歩いていた。アシュラフは八階に教会風のカジノを見つけると、心を決めた。背教者にはふさわしい場所じゃないか。五千ドルを十枚のパープルチップに替えて、彼女はルーレットの台についた。赤か。黒か。そのとき何が彼女の手を止めたのか、アシュラフ自身にもわからない。彼女はチップを置くことができなかった。それから立ち上がり、店を出ようか迷った。

「ときどき、あんたみたいな顔をした客が来る」

突然に声をかけられ、振り向く。いたのは神父の姿に扮した黒人だった。

「だいたい、例外なく全財産をすって帰っていく。カジノとしちゃ、気持ち良く負けてもらう必要があるわけだから、そういう客を見つけたら声をかけ、事情を聞くようにしている」

「最近のカジノがカウンセリングにまで手を広げてるとは知らなかった。でも、そんなばかげた恰好の無神論者《アセイスト》に話すことなんて、あいにく何もないの」

断言されて、一瞬、相手の黒人が目をすがめる。

「図星って表情。目を見れば、それくらいわかる」

「指摘の通り、俺はアセイストだよ。でも、本当に心から、キリスト教徒でありたいと願っているんだ。だから、そういうふうに言われるのは心苦しい」

思わぬ率直な返答に、アシュラフは言葉をつまらせた。

ヴェールを脱ぎ、現金をチップに替えても、自分とて信仰を捨てきれないムスリムなのだ。そのことをアシュラフは自覚していた。

「ごめんなさい」

アシュラフは素直に謝ると、パープルチップを一枚差し出した。

「よければ、これを十ドルチップに崩していただけない？」

それから彼女はクラップスのテーブルについて、十ドルずつ賭けた。チップは八十枚になったり、逆に三十枚に減ったりした。サイコロが振られるたび、大きな歓声が上がった。客は現地の黒人やヨーロピアンたちだった。逆目がつづいたあと、アシュラフのスローになった。

「別のダイスを使うんだ！」

誰かがそう叫んだのが耳に届いた。

彼女はそれに従ってダイスを替え、台の端から端へ転がした。七だ。ひときわ大きな歓声が上がった。隣の黒人が右手を差し出した。それに応じ、手のひらを打ち合った。カジノには珍しいアラブ女性ということもあり、彼女はテーブルですっかり愛されていた。彼女もテーブルの客たちを等しく愛していた。

アシュラフはホテルに戻り、ベッドの下のスーツケースを取り出した。いくつかの塊が、帯状にまとめられている。彼女はそれを腹に巻いた。サイバーテロに失敗した際は、自分自身を爆弾にする——高額の報酬とひきかえに示された条件がそれだ。

底冷えのするベルトの感触を、最初彼女はむしろ自虐的な楽しみをもって味わっていた。だがその奥にあるものは、ついにアブディとの子を宿せなかった、アラーより授かった彼女の子宮だった。彼女はベルトを外し今度は肩にかけた。しかしその下は、来ない未来の子供に吸わせるべき乳房だった。アシュラフはベルトを外し、ベッドに突っぷした。そこに呼び鈴が鳴った。ドアを開けると、立っていたのはルイだった。

「帰って」

なんとかその一言だけを絞り出し、アシュラフはうしろ手にドアを閉めた。

*

六十階エリアの支配人、ベイェネ・イメールは心中密かに自分の国を見下していた。彼はE国の人間だが、虚栄に充ち満ちたカジノで私腹を肥やす連中を、飢えながらも結局はカジノの外貨にすがる民衆を、ひっくるめてＥ国のありかたそのものを、強く憎み軽蔑しきっていた。

　彼はアラブ人だったが、自分の民族の誇りはオイルマネーで潰え死んだのだと決めこみ、これも憎んでいた。人間は国と民族の常にどちらかしか選ぶことはできない。これがイメールの自ら生み出したただ一つの原理、彼の言うところの〈不確定性原理〉だった。民族たるためには国家を選べない。そして、国民たるためには民族を選べない。

　こうした理屈を並べておきながら、イメールは自分の国や民族をも放棄したいと願っていた。それが彼に言わせるところの、ただ一つ残った自由意志だった。それでいながら、なお彼はＥ国にとどまり、そればかりかカジノの一フロアの支配人にまで成り上がった。その推進力や粘り強さはすべて、こうした人間にありがちな自虐から導かれたものだった。失われた国の誇りをさらに貶《おとし》めること。失われた民族の誇りに、自ら引導を渡すこと。しかし彼はいつでも不満に感じていた。自分の仕事が、自分のやりたいこととかけ離れていることが常日頃から彼の意識にはあった。彼のグレーの両眼には、無軌道な自尊心がいつも光っていた。

　彼の仕事の一つは、無記名のカードを手に、野心たっぷりに上がってくるギャンブラーたちを調べ上げ、罠を張りめぐらせることだ。彼は人に勝利することが好きだった。挫折し、下層へと戻っていくギャンブラーたちを、これもまた、彼は憎しみをもって送り出した。他方で、彼らを笑う上客たちにも抑えがたい敵意を感じていた。彼は、自分がただいたずらに、何かを消費して生きていると思うことがあった。おそらく、怒りと自己嫌悪とを。

彼は貯蓄せず、何も手元に置かなかった。怒りと自己嫌悪とが尽きた日、手元に何か残っているとするなら、それこそ何か許し難い不条理であるように感じていた。彼は勝負に飢えていなかった。ただひたすら、自分の原動力が、すなわち怒りと自己嫌悪とが尽きることを恐れていた。

彼はいつも、この塔が倒され崩れるときのことを子供のように空想していた。一機の飛行機がハイジャックされ、うなりを上げながら塔に迫ってくる。そのときこそ彼は、両手を広げそれを迎え入れるのだ。その日が来ないこと、テロリズムの標的にはなったとしても、もう少し地味な形でそれが訪れることを彼はよく承知していた。しかし、実際に窓の前に立ち両手を広げることとさえよくあった。部下たちはそれを〈支配人のいつものタイタニックごっこ〉と称し、一種の愛すべきイメージトレーニングであると理解していた。彼は部下たちからその手腕でもって一定の評価と信頼とを勝ちえていた。ルイと名乗る東洋人がカードを手にしたとの知らせを受けたときも、ちょうどそんな、窓際に立ち目をつむる儀式の最中だった。

*

「まず、説教師の話で確信したことだが、この無記名のカードを持っている人間は、どうしたって勝てないようにできている」

すっかり会議室となった宿の中庭だ。

いまは昼間で、人通りも多い。コーラを頼んだだけの旅行者に、オーナーがトラベラーズチェックの換金を持ちかけていた。ノープロブレム、ノープロブレム、と声が響いてくる。

「同感だ」と間を置いてピアッサが応える。

「だから、まずはぼく一人で六十階に入って、そこでいったい何が起きているのか見極めてみようと思う。ひとまずぼくの考えを言っておくと、ピアッサの親父さんのカード——これを使わない手はない。これは正式なカードなんだから、まともな勝負ができる可能性がある。たとえばぼくに勝てると思って安心しきってる客の一人を、ピアッサが逆に食ってしまうとかね。ともあれ、まずは上を見てからでないとなんとも言えない」

＊

都心の一角に、Ｄクリニックというメンタルヘルス専門の小さな病院があった。

近隣の学生たちに言わせれば、なんでも処方してくれる医者。スミカはそこの患者だった。若く、世界が目の前に開けているある種の人間にとって、薬や精神医学はさらなる新しい扉にも映る。そして長期旅行者が国から国へ国境を越えるように、心療内科の門を叩く。

おそらくだが、その医師は悪人ではなかった。ただ、凡庸だったのだ。凡庸なりに、患者の期待に応えようとしていた。その結果が、「なんでも処方してくれる医者」だったとしても。

そして、ときには患者を死なせないことだけを考え、多種多様な強い処方をした。多剤大量処方というやつだ。こうして、単に痛みを和らげたかっただけなのに、副作用によって人知れず症状を悪化させ、生活力そのものまで奪われてしまうケースが生まれる。

患者としては、本当に、もう少し気分をよくしたかった。医師はそれに応えようとした。それだけだ。誰のなんの責任も介在しないままに、なだらかな自死ばかりがあるようなものだ。

スミカもそんな患者の一人だった。

守秘義務の壁にはばまれて、第三者が介入する余地もない。気がついたときには、状況はもうあと戻りできないものになっていた。

スミカはルイに言わせればピュアな、天真爛漫なミュージシャンだった。しかし、純粋であることを社会は人に許さない。どこか袋小路に陥った人と社会は、必要以上にそうした人間を忌み嫌い、ときには極端に憎み排斥する。

いま、彼女は薬を飲んでいることを忘れるために薬を飲んでいる。自分の症状が、実際に病によるのか、単に調子がおかしいだけなのか、それとも薬が合わなかったり足りなかったりするのか、もう彼女自身には判断しようもない。ルイはときに自分を責める。しかしルイも、スミカも、医師も、社会も、とりわけどれかが悪いとも思えない。全体として、腫れ上がって休む間もないだけなのだ。

ルイは、自分を革命家だとは思っていない。

けれども、新たな扉を作ることくらいはできるかもしれないと考えている。トランキライザーの浅い眠りでなく、無条件に自意識を突破し、人を蘇らせる一つの扉を。ルイは自分の掻き集めた経験から、これを可能だと考える。

一国を。

一国を、巨大な一つの開放病棟へと変えてしまうのだ。

どうせ砂漠ばかりの、カジノに頼りきったこのE国。ここに、ヨーロッパ諸国の患者を受け入れるのがルイの計画だった。いわば、先進国の無意識の便所にしてしまうこと。でも、それだけではない。ルイのイメージでは、ここでは排泄物から草が生え、花が咲き、木が伸びていく。彼に言わせれば、これは次世代の人類に不可欠な、欲望のリサイクルのシステムなのだ。

「知ってるかい」

ここまで反芻し、ルイは自分が説教師にしたような、もう一つの自分の声を聞く。それは自分を冷笑し、卑下し、どこまでも見下している。

「おまえの目指す仕組みは、古くから社会にとっくに用意されている。いいか、その装置は〈祭〉というんだ」

しかしルイはまた自問する。「社会がさらなるどんづまりを迎えれば、道という道が閉ざされれば、祭がふたたび機能するとでもいうのか?」ルイはここで自虐的に笑った。「いや、そんなことはない」そして、物事を肯定的に締めくくろうとする浅はかだが無理からぬ欲求から、譫言《うわごと》のようにつづけた。

「それでも人類は、きっともう少し先を行っているはずなんだ」

エレベーターが止まり、六十階の扉が開いた。


ビンゴゲームの景品がルイの目をひいた。一瞬、顎骨を探そうかと思ったがやめておく。ルーレット、ブラックジャック、クラップスと少額を賭けながらテーブルをめぐっていく。収支は多少のマイナスだった。勝ったり負けたりで、おかしいところは見あたらない。わずかな異変を感じたのは、ポーカーのテーブルについてからだ。

ルイにいい手が入ると相手は降りる。勝負してくる相手には、必ず相応の手が入っている。最初に疑ったのは、自分が顔に出している可能性だ。が、相手はルイの表情はおろか、こちらの手元すら見ていない。

ここだ、と直感した。

ルイが立ち上がろうとしたとき、肩に手をかけられた。何気ない様子を装いながら、ルイはゆっくりと振り向く。が、鳥肌までは隠せない。

「この階の支配人、ベイェネ・イメールだ」

相手は落ち着いたトーンで自己紹介してから、藪から棒にルイにささやいた。どこか甘やかさを感じさせる、不思議な英語のイントネーションだ。

「ほかの連中同様、やっぱりきみも王様になりたいのか？」

「まさか。そんな大それたこと、考えちゃいないさ」

「説教師から話を聞いたのだろう？　言っておくが、わたしたちはきみのことをとっくに調べ上げている」

イメールは「きみたち」とは言わなかった。それから、不意に怒りをあらわにして、

「しかし、しかしだ。いったいきみはそもそもE国の何を知っているというのだ？」

「ある程度はね」探るようにルイが応じる。

「は」

イメールは侮蔑を隠そうともしない。

「わたしは終わることのないE国の熱帯夜を知っている。食事どきに、夜寝ているときに、頭越しにヘリコプターのチャーターが飛び交う騒音と苛立ちとを知っている。だがきみはどうだろう？　わが国を覆う貧困の本当の姿を、海水を淡水化した、それでも塩辛い飲み水を、少年時代からつづくE国の黄色い夜を、いったいどれだけわかっているというのだろう？」

「黄色い夜？」

ルイは思わず問い返した。だがすぐに、かつてアラブの砂漠を旅したときのことを思い出した。それは海沿いの港町から首都へと向かう乗り合いタクシーのなかだった。

その日はタクシー客の集まりが悪く、気温は四十度を超え、なかなか発車できないまま、皆、苛々しながら時計ばかりを眺めていた。暑さから喧嘩が起こり、すぐに静まった。やっとタクシーが出たと思ったら、今度は大雨に見舞われ、乗客たちはずぶ濡れになりながら屋根の荷物にビニールシートをかけた。ふたたび走り出し、骨の髄まで冷えきったところに、午後の一番強く明るい日射しが雲の隙間から差しこんだ。

その下で、巨大な砂嵐が壁となりそびえ立った。

車は音もなく黄色い夜に入った。その底を空のペットボトルが転がり、カランカランと音を響かせた。行きかう車のヘッドライトやテールランプがかすかに見える程度だ。窓の水滴に砂塵が黒く濁った。ルイの奥歯で砂が鳴った。視界のないまま、車はガソリンスタンドに停車した。八方を砂に包まれたスタンドの傍らで、乗客たちがメッカに向けてカーペットを敷きはじめた。ルイは車を出て路面に立った。吹きすさぶ風に乗って、祈りの一節がルイの耳に届いた。ルイはボイスレコーダーに風の音を録った。この音はUSBケーブルを介し、コンピュータからインターネットを経由し、スミカのレコーディング機器へと送られる。そして千切られ、歪められ、リズムとベースと上物をくっつけられ、一つの曲となる。ルイは絵葉書を書かなかった。ただひたすら音を探し、録り集め、不定期にスミカに送りつけた。

インド洋の鳥の声を。カラコルム山脈の氷河の動く低いいなきを。シャシャマネのラスタマンの叫ぶ四文字言葉の機関銃を。地中海のカテドラルの鐘の音を。パキスタンの部族地帯をつんざく一発の銃声を。夏の荒川の河岸段丘を不意に吹き抜けた風を。パラボラアンテナの立ち並ぶ首都の旧市街の雨期に響く子供の呼び声を。

「まず、六十階での仕掛けは、無記名のカードを持った人間を、正規の客たちが弄び、そいつが破滅していくのを見物するために存在する」

ベッド上でトランプのカードを配りながら、ルイは説明した。

場所は宿の部屋だ。中庭でカードを扱うと、どうしても人だかりができてしまう。

風呂トイレ共同の、ほとんどベッド一つ置かれただけの室内に一本のロープが張られ、洗濯物がかかっている。床に無造作に散らばっているのは、蚊取り線香、時計、蠟燭、本、それから英字新聞、薬類だ。頭上の裸電球が、それらを照らし出している。

「仕掛けがあるのは、客同士が闘うポーカー台だ。ただし、カードについた印を皆が見ているとか、そういう類いのものじゃない。それだと、全員の手札《ハンド》が相互に見えてしまうからゲームが成立しない。でも、正規の客同士が真剣にベットしているのをぼくは見た。だから、無記名のカードの客の手だけが、何らかの方法で相手に伝わる仕組みになっている。逆に言えば、その方法はかえって絞りこみやすい」

カップの湯が沸騰した。それを見て、ルイは電熱コイルをコンセントから外す。

「緑茶、飲むかい。日本じゃストレートで飲むんだけど」

「いや、話のつづきを」

「わかった——では、いったいどのようにハンドが相手に伝わるか。結局は、トランプのカードか台かに仕掛けがある。ディーラーなりスタッフなりに、すべての客の手が見えていて、無記名のカードを持った客のハンドだけを、ほかの客たち——たぶん、一部の上客たちのみに伝える。台に仕掛けがあるとすれば、たとえば透過する素材の下から鏡で覗くような方法だ。だけど、台はいたって普通の、羅紗張りのポーカーテーブルだった。だから、ディーラーなりが手を覗く仕掛けがあるとすれば、カードの背になる」

「なるほど」

「さて、逆手に取るためにどんな種目を選ぶか。大きなカジノだけあって、同じポーカーでも選択肢は豊富にある。ファイブスタッド、テキサスホールデム、その他諸々だ。だけどぼくらは、スリー・トラッシュを選び、隣り合わせに座る」

スリー・トラッシュはこの塔独自の種目だ。ポーカーのバリエーションとしては、アナコンダと呼ばれるものに近い。まず七枚配られてから、そのうちいらない三枚を右隣の人間へ回す。それが一周したところで、手持ちの七枚を順繰りにめくりながら、レイズをくりかえすものだ。

不利だと思えば途中で降りればいい。その場合、つづくカードをオープンする必要もない。

「このルールであれば、正規の客から回ってきたカードの情報までは、相手に伝わることはないと考えられる。おのずと、カードを回した人の手までが推測できてしまうからね。だから、ピアッサは親父さんのカードで入場し、自然な調子を装ってぼくの左隣に座る。ほしいカードの種類についてはサインを送る。まずは、ぼくらはこの相手に見えない三枚を使って、相手を逆手に取ることを考える」

翌日、勝負の前にピアッサも一人で父親のカードで六十階に入場してみることになった。ところが、カードを見せるや否や、別室へとつれて行かれたそうだ。

「死ぬかと思ったよ」

ルイの部屋に戻ってきたピアッサは興奮した面持ちで、自分の冒険を語って聞かせた。

「〈ミッドナイト・エクスプレス〉でも思い出したかい」

ルイが挙げた題は、アメリカ人がトルコで麻薬所持で捕まったあとの顚末を描いた映画だ。

「あの映画は観てないんだ。もともと学者の子だからね、気は弱い」

「で、どうなったんだい」

「紙きれを一枚渡された。なんだと思う？　きっと興味があると思う」

「なんだ？　ああ、ぼくのプロフィールか。確かに、自分でも知りたいくらいだな」

ピアッサが差し出した紙きれには、まず顔写真のコピーがあった。どうやって調査したのか、まず国籍。年齢。職業。それから、冷笑的に書かれたプロフィールがつづく。いわく――龍一、通称ルイ。若者にありがちないくつかの活動ののち、コンピュータエンジニアとして就職するも、三年で挫折。以後は、そのときどきの仕事と海外旅行とをくりかえす。恋人選びに失敗し、それが元で親族とは絶縁状態にある。彼がいつどのようにこのカジノに目をつけたかはわからない。ともあれ、ほかのギャンブラー同様、並々ならぬ野心を持っているのは確かだ。この若者に現実を知らしめるのは、むしろ親切と言っていいでしょう！

顔を上げると、ピアッサがやや緊張した面持ちでこちらを窺っていた。

「ルイ、きみでも腹を立てるのか」

「当然だよ。恋人のことまで書き立てられるとね。ある程度は予想していたにせよ」

「そのうち、ぼくには話してくれるんだろうね」

このピアッサの言はルイには意外だった。

「いや、そうだな……いい機会だから、いま話してしまうか。きみだって据わりが悪い」

それから、ルイはスミカの話をおおざっぱに語って聞かせた。

「じゃあきみが、新しい国を作ろうというのは――」

「失望したかな。そう、スミカがきっかけだよ」

そう。最初はスミカだった。そのはずだ。いつからだろう、それが世界のありようそのものを変えたいと願う妄執に変わったのは。

「いや、しかしそれは」

ピアッサはどこか居心地悪そうだった。

「気を悪くしないでくれ。つまり、思っていたよりまっとうなきっかけだと思ったんだ。とはいえ、このことが勝負の上でも、そしてきっときみの建国の思想の上でも、何か危うい感じがするのは否めない」

「そうかもしれないね」ルイは簡潔に認めた。

七枚のカードが配られ、何度目かのスリー・トラッシュの模擬戦がはじまった。しばらく、ピアッサは無言でカードを繰っていたが、やがてレイズの一つとともにつぶやいた。

「ルイ。人のために生きるのは退屈じゃないのか」

「……ああ」

今度は、認めるまでに少しのためらいがあった。

「そうかもしれないな」


六十階のポーカーテーブルはフロアの奥まった一角にある。照明は暗く、ここだけ、気温が一度か二度は低いようだ。夕暮れの、客の集まり出す時間だった。ルイは三万ドルを、ピアッサが二万五千ドルをチップに替える。

三万ドルは、かつてマンション麻雀を転々としながら稼いだ虎の子の全財産だ。

「スリー・トラッシュをやりたいんだけど」

「ちょうど、お二人様が出て行かれたところです」

銀のトレイを持ったスタッフに、二人はサウジ・シャンパンを注文する。禁酒国のサウジアラビアで飲まれる、林檎ジュースの炭酸水割りだ。

すぐにゲームがはじまった。

七枚が配られたら、いらない三枚を卓上に伏せ、右隣に渡す。低い札、2や3を渡すのが普通だろうが、なんならAのスリーカードを渡してもいい。すべては戦略だ。さらに左隣のピアッサから三枚を受け取る。何を渡したか、何を受け取ったかをここで憶えておく。

それから七枚を順にオープンして、そのつどレイズをくりかえす。めくられる七枚の順序はあらかじめ決めておく。基本的に、最後の七枚目まで手の読まれない順序が望ましい。

コールされたときは、七枚からもっとも手の高くなる五枚を選んで勝負する。

三枚を隣に渡し、ルイの手元にはJと2のツーペアが残った。卓の傍らには、ピアッサからのカードが三枚伏せられてやってきている。2があるので、これでフルハウスの完成だ。最後の2が七枚目に来るように、ルイはカードを並べ替え、卓上に重ねて伏せる。

千ドルほどのチップが積まれ、コールまで進んだ。向かいの客の手は、ストレート。ルイの勝ちだ。これを受け、ピアッサの目が細められた。やはり、ピアッサから回ってきたカードまでは相手に見えていない可能性が高い。

ポーカーゲームの回転は速い。

一時間で、四十ゲームほどが費やされた。二、三の大勝負はあったが、ルイにもピアッサにもこれという手は入らず、早い巡目で降りていた。資金は、二人合わせて一万ドルほど目減りしている。

そろそろ手が入ってくれないと、勝負そのものができなくなってしまう。

次のゲームで、ルイの手には最初から2のスリーカードが入っていた。フルハウスか、フォーカードになるカードはないか？　とピアッサにサインを送る。サインは、鼻に触れるといったちょっとした仕草の組み合わせだ。

カードを交換し、残った七枚を裏向きに重ねた。

最初の一巡、ルイは一番上のカードをめくる。4だ。次の巡目で4のカードを脇にどけ、二枚目のカード、Qをめくった。ピアッサはというと、早々に降りに回っている。

すぐに三巡まですぎた。

ルイがオープンしたのは、4、Q、Q。向かいの口髭の男が、強気の順序でカードを開けていた。J、J、10。すでにフルハウス勝負の様相を呈していたが、まだ、大張りする頃合いではない。相手を降ろさないよう、千ドル、二千ドルと少しずつレイズしていく。2、2とルイがつづくカードを開ける。対する男はQ、Kだ。今度は、ストレート系とも取れる。

ここでルイは一万ドルを投入した。相手がにやりと笑い、即座にそれを受ける。

ルイは2をめくり、相手がKをめくった。ここまでで、ルイは4QQ222とすでにフルハウスが見えている。相手はJJ10QKK。いまのところ、見えているのはツーペアだ。が、勝負に乗ってくる以上はフルハウスができていると見ていい。ルイは手元の千ドルチップを探った。五枚。十枚。そのとき相手が身体を起こし、手のひらをルイに向けた。

「悪いことは言わない、全賭《オールイン》けしたまえ」

「どういうことだ？」

「なに。わたしは十万ドルくらいは賭けられる。だから、レイズ一つでこの勝負に勝つことができるんだ。見たところ、そこまでの額は持ってなさそうだからね。だけど、きみとしてもそれは本意ではないだろう？　こちらも、せっかくのつば競り合いを台無しにしたくない」

「なんのことだい」

「飲みこみが悪いな。そのチップを全部賭ければ、勝負してあげてもいいと言っているんだ」

「お客様」とディーラーが男を形ばかりたしなめる。

「あんた、怖いのかい」ルイは相手に取り合わず、一万ドルをベットした。

「どういうことかな？」わずかに、男の笑顔がひきつる。

「あんたはつまり、こう考えているんだろう？　自分はJとKのフルハウスだから、どちらのQと2のフルハウスには勝てると」

「さて、どうかな」

「だけど万が一、正面の東洋人の最後の札が2だったら？　隠していただけで、十万ドル以上を持っていたら？　チップは、見えている額がすべてとは限らないからな。それなら、手頃な金額で済ませたほうがいい。だから、臆病者だと言ったのさ」

「おい」

と、ここでピアッサがルイを遮った。

「あんた、ちょっと口がすぎるぞ」

思っていたより演技がうまいな、とルイは感心する。

ピアッサが暗に言っているのはこうだ。相手が受けてくれるんだから、それでいいじゃないか。実際、十万ドルをレイズされてしまえば、どうしようもないのだから。

が、ルイはそれに反して、

「口がすぎるって？　あいつの提案のほうが、よっぽど侮辱だと思えるけどな」

「平行線だな」

相手は一万ドルを受け、さらに二千レイズする。ルイは少し考える素振りをしてから、チップを全部前に出した。ぴくりと、ピアッサが眉を動かす。

相手の男は無表情のまま、一万ドルチップ十枚をテーブルに置いた。

「〈お願いします〉がなかったからな」と男が言った。

これで、同額かそれ以上を賭けられなければ、自動的にこちらの負けだ。ディーラーが皆に目配せをし、チップを集めようとする。咄嗟に、その手をつかんで止めた。

「待て」

「いまさら〈お願いします〉と言っても遅いぞ」

鋭く、相手が釘を刺してくる。

「あんたは、もう少し可愛気ってものを意識したほうがいいな」

「とにかく待つんだ」

「何を待つってんだ？」

ピアッサが失望感もあらわに口にしたとき、もう一人の客がアタッシェケースを片手にルイの傍らに立った。前に見たのと同じ、神父の服装。説教師だった。

「悪いな、遅くなった。と、ずいぶん盛り上がってるところじゃないか」

「どうせうしろで見てたんだろ？　それにしても、たった十万ドルでいいそうだぜ」

「なんだい、あんたはそれで満足なのか」

口髭の男に向けて、説教師が目をすがめる。

「俺も小さいながらカジノのオーナーだ。ここからは、もっと大きく行こうぜ」

「聞いたかい」

これを受けて、ルイも相手の男を向く。

「もしかして、あんたが〈お願いします〉を言う番じゃないのかい」

男は相変わらず無表情だ。

むしろ、ピアッサに安堵の色が一瞬浮かぶのをルイは見逃さなかった。ピアッサが考えているのは、こんなところだろう。男はこちらを金でつぶそうとしてきた。ならば、相手の手はせいぜいツーペアなのではないか。であればこの勝負、どこかで相手が降りる。

「お願いします」

こともなげに、その相手が口にした。

「これで満足か？　何しろ言うのは無料《ただ》だからな」

「負けるわけがないって顔だな」とルイが指摘する。

「ああ。そこに伏せられてる、あんたの七枚目はカス札さ」

「どうかな」

説教師がケースから十万ドルを取り出したとき、もう一つの手がルイの肩に触れた。いやなやつが来た、と思った。この階の支配人、ベイェネ・イメールだ。

「相手のハンドはせいぜいツーペア。そんな判断か？」

無視するルイにかまわず、イメールはささやきかけてくる。

「なに、額が額だしな。親切心からアドバイスに来ただけだ」

二人をよそに、闘いは説教師と口髭の男に移っていた。

まず説教師が十万ドルを受け、さらに一万レイズする。

「〈お願いします〉に心がこもってなかったからな」と説教師が憎らしげに言った。

男が黙ってアメリカン・エキスプレスのブラックカードを取り出し、ディーラーに渡した。

「二十万ドル、チップに替えてくれ」

「ひとつ、重大な知らせがあってね」

ルイの耳元でイメールがつぶやく。

「きみがひき返せるうちに、教えてあげようと思ったんだが――まあ、もはやそんな額でもないか。知らせというのは、きみと縁浅からぬ女性についてだ」

これを聞き、目蓋がぴくりと震えた。

「スミカが何か？」

「きみの調査中に偶然知ったんだが、この女性はつい先日、睡眠薬自殺を遂げている」

「……嘘だな」

「その様子だと、密に連絡しあっていたわけじゃないようだな」

「ぼくを揺さぶってどうしようってんだい？　あのお客さんの相手は、もう説教師に委ねられた。それにな、スミカのことを言っているんだったら、わかってないな。まさか、そんなことは起きちゃいない。あいつは、結局どたん場で思い出してしまうのさ」

インド洋の鳥の声を。

カラコルム山脈の、氷河の動く低いいななきを。

「は」

とイメールが冷笑した。

「しかしきみは、それでも一瞬ありえることだと思った。きみの刹那の表情がすべてさ。先に負けるのは、信じられなくなったほう。なんだってそうだろう？」

イメールは侮蔑を隠さない。

この間にも、ベットは十万、二十万、と重ねられていく。

「そう、それから」

相手がなおもつづけた。

「きみの相棒についてだ。まだ、彼のプロフィールを見ていないと思ってね。親父さんのカードで入場するなんて、なかなか泣かせる話じゃないか。ほら、渡しておくよ。——ほかのお客様がたにはもう行き渡っている。要するに、きみの弄した策は的外れだったってことさ」

「いったいなんの話だい」

「それにね」

イメールはたたみかけながらも、退屈そうですらある。ルイはどこか冷静にそのことに気がついた。この熱く冷たい感覚が、旅をすることの醍醐味だ。

「ピアッサくんが正規の客として扱われるかどうかなど、実際のところ、もうほとんど関係のないことなのさ。知ってるか？　彼は2のカードを持っていながらも、きみに渡さなかったのだよ。その心境はわからないがね。小さく裏切って、それを見下ろし悦に入る。これも、人間心理の一つなのだろうかね」

「まったくよく喋る男だな」

ルイは足を組み直すと、説教師に向けて口を開いた。

「このへんでいいだろう。そろそろコールと行かないか」

「降りていればいくらかは節約できたのに」

茶化すような口調で、イメールが横槍を入れてくる。

「でも、確かめずにはいられない。人、人。こいつも人だったか！」

「コールでいいんだな？」

説教師が確かめ、ルイが頷いた。相手の口髭の男の顔にも、すでに退屈がありありと浮かんでいる。このゲームが茶番で、自分が勝つと信じきっている様子だ。

それを受け、男が最後の一枚をめくった。Ｋだ。

ルイもそれにつづく。

ガタン、と音がした。相手の男は色を失いテーブルに乗り出していた。お客様、と事態に気づかずイメールがたしなめた。めくられたカードは、２だった。

「フォーカードだ」とルイが宣言する。

沈黙が降りたのち、不意にイメールが身を震わせた。

「ピアッサ、おまえ――」

「何か？」とピアッサが涼しく応える。

「あのとき、カードを四枚渡してやがったな」

「おい、勘弁してくれよ」

ピアッサは鋭くイメールを見つめ返す。

「このカジノは、負けた人間にまで言いがかりをつけるのか？　それとも――」

「それとも、カードが透けて見えでもするってのかい」

ピアッサのあとを受け、ルイはデッキを崩した。

こうやって念を押したのは、相手にカメラをチェックさせる口実を作らせないためだ。カードが透けて見えでもしない限り、ここまで、こちらに怪しい点など一つもない。

浮かない顔を作ったまま、ルイは袖口に隠しておいたQをテーブルに紛れこませた。同様に、ピアッサも六枚しかない手札をカードの海に混ぜこむ。

策というほどのものでもない。

このカジノなら、ピアッサも標的にされていておかしくはない。だから、保険をかけたままのことだ。まずピアッサは、三枚を伏せて渡すと見せかけて、その裏に四枚目の2を忍ばせておく。これを見たディーラーは、2がルイの手に渡っていないと錯覚する。

イメールもそう錯覚していたのは、ディーラーのサインだけを見ていたからだろう。

彼が背後に寄ってきたのが遅かったのは、幸いだった。

ルイが七枚のカードを並べるのではなく重ねたのは、もちろん、最後のカードをディーラーに読み取られないようにするため。

結局、コールまでに口髭が積んだ額は百三十万ドルだった。そのうち十万が説教師への報酬。残りの半分、六十万がピアッサの取り分だ。

「おかげでやつらに一矢報いたよ」

説教師は満足そうだった。

「おまえに言われて手に入れた二枚目の会員証。まさか、自分が使うことになるとは思わなかったがな」

「ぼくは十万あればいい」とピアッサはそっけない。

「そういうわけにはいかない」

「この先を考えると、これでも足りないくらいだろう。わかった、五十万は貸しだ」

ルイは頷くと、イメールに頼んで百万ドルを一枚のチップに替えた。

「これだけあれば、最上階に行くには十分だよな」

「どこへでも行っちまえ。くそ、とんだ失態だ――」イメールが口汚く答えた。

＊

「連絡はついたのか」

歩きながら、ピアッサが単刀直入に訊いてきた。

宿ではすっかりなじみの客になってしまっている。通いの娼婦たちとも、会えば笑顔を交わす。それでも浮かない様子だったルイを見かね、ピアッサが市場に誘った恰好だ。

はじめて、塔の逆方向へ坂道を下っていく。

E国首都は盆地に建設されているので、余計に暑い。そのかわり、わずかな緑があり、窪みに向けてくねる道を点々と彩っている。スラムの家々の壁は緑やピンク、赤一色などだ。薬の売人が目ざとく二人を見つけ、並んで歩きはじめるが、やがて諦めて次の客を探しに離れた。

小雨が降り出し、すぐにやんだ。

「いや」

間を置いてルイは応じた。

「メールを出してみたが、もともとスミカは筆無精なんだ。だからわからない。でも、心配してるってほどでもない」

「ならいいのさ」

「でも、あの支配人の言った通り、一瞬でも迷ったことが問題でね。たとえスミカが無事だったって、一度は日本に帰るのがあるべき行動という気もする」

「そんなもんさ。そうしたいなら、そうすればいい」

「ああ。人を蘇らせる国だなんてぶち上げるなら、きっとそうするべきなんだ。でもそんな人間に、一国をひっくりかえすなんていったい可能だろうか？」

道は未舗装で、岩がごろごろと転がり、とても車では通れそうにない。ピアッサが幾度か石につまずき、前のめりに姿勢を崩す。そんなピアッサを見て付近の子供が笑う。

「大丈夫か」

手を差し出したが、ピアッサは笑って首を振った。

「昔からね、何もないところで転んだり、なんか人とずれてるやつだったんだ」

「ふうん」

「あと、医者が言うところでは、ぼくは鼓膜が人より浅く、ずっと外側についてるんだって」

やっと大通りに出た。

ジュース売りを見つけ、二人で息をつく。映画のポスターの右上がはがれ垂れ落ち、隠されていたはずの壁の穴があらわになっている。日がじりじりと照りつけはじめた。

「さっきまで雨だったのにな」とは店主のつぶやきだ。

ピアッサが十ディナール札を渡し、釣り銭を受け取った。遠くで犬が吠えた。

「こういう国でぼったくられないコツは」

ピアッサが知ったような口調で言った。

「最初から値段を訊かないことだよな」

「まあそうだね」

「で、結局心は決まったのか」ピアッサが水を向ける。

「迷ったまま上へ行くさ」そっけなくルイは応じた。

＊

エレベーターは八十階止まりだった。

そこから先は、階段だ。八十階までは富裕層向けの居住施設やホテル、商店や銀行が入っているようだが、ここから上は、まだ建てられたばかりで何も入っていない。無音の真新しい廃墟を、ルイは一人上っていった。

最上階は八十七階。

当然、ガラス張りの展望台も、洒落たレストランバーもない。カジノ側から指定された部屋に入ると、カーペットに置かれたルーレット台に出迎えられた。あとは何もない。いや、写真が飾られている。独立戦争時に落命した兵士だ。現国王、ムラトゥ・ゲブレの無二の親友であったともいう。有名な一枚で、これは街でもときおり目にする。

あとはコンクリートの壁材と、そこにぽかりと空いた小窓があるだけだ。嵌め殺しではなく、開けられる造りになっているのがいかにもこの国らしい。窓越しに、外を見てみた。砂漠の向こうに、小さく海が覗く。港は水深が浅く、近代貿易にも使えない代物だ。

ヘリコプターの音が近づいてきた。

壁に寄りかかって待っていると、ライフルを背負った兵士二人とともに、国王が部屋に入ってきた。丁寧なことに、ディーラーの衣裳を着こんでいる。写真の男とともに銃を握っていた当時の面影は、もう見られない。

兵士がルイのボディチェックをしたところで、国王は二人を部屋の外へ下がらせた。

「いいかね」

柔らかな口調とともに、国王がはじめてこちらの目を見る。その顔つきを見て、塔の入口で見上げた肖像画は案外似ていたのだな、と思う。ただ、絵にはなくて実物にしかないものがある。そこはかとなく漂う、虚無感のようなものだ。

最上階の闘いは、映像でなら見たことがある。

一度、ヨーロッパの富豪がここのルーレットに挑戦して、その様子が日本でも放映されたのだ。短い映像だったが、ルイはそれを録画し、疑わしい箇所がないか、幾度となく再生した。仕掛けについても、おおよその見当はついている。

ルイは頷くと、二枚重ねのチップを一点に張った。

こちらの戦略は古典的なものだ。

十ドルチップの下に、相手からは見えない角度で百万ドルのチップを賭ける。そして、常に百万と十ドルを賭けつづけ、外れるたび、それを二枚の十ドルにすりかえる。当たってからすりかえるのでは、印象が強すぎるからだ。

どうせ、ディーラーは玉を投げたあとからだって、いくらでも出目を変えられる。古典的な、磁気のトリックで。国としては当然の防御策だ。とはいえ、その仕掛けはめったには使われないだろう。遊びで、当てさせることもあるはずだ。客に気持ちよく負けてもらわなければならないのが、カジノの宿命だからだ。その一回の当たりに、まずは全額を賭ける。

短期決戦だ。

〈トンボアイ〉と〈アルキメデス〉の目を狂わせる時間は、ちょうど三時間。その後は、〈トンボアイ〉も〈アルキメデス〉も正常動作に戻り、システムに侵入した痕跡も跡形なく消える。


二十回目でやっと、ルイの賭けた26に玉が落ちた。

「やったな」

ルイは喉の奥でつぶやいた。

「そろそろ来ると思って勝負に出たんだ」

ゲブレは訝しげにチップを手に取り、そして百万ドルチップが隠されていたとわかると、露骨に顔をしかめた。それから内線電話を手にし、短縮ダイアルをプッシュする。そのまま、いくつか短いやりとりが交わされた。言葉はわからないが、おそらく〈トンボアイ〉が異常を知らせていないか確認しているのだろう。

ゲブレの表情が一瞬だけ曇り、すぐに作り笑いに取って代わられた。

「おめでとう！」

ゲブレは十ドルチップと百万ドルチップを三十五枚ずつ、それぞれルイの前に押し出した。

「こういうことがたまに起きるから、お客様たちはこの国を訪ねてくれる。きみさえよければ、記念撮影をさせてはもらえないかね？　むろん相応の謝礼はするとも。それより、さあ、チップを取りたまえ！」

「いや」

薄く笑い、ルイは首を振った。

「百万ドルチップは置いたままにしてくれ。三千六百万ドル、すべて26に」

相手の顔がわずかにひきつった。

突如押し寄せる怒りと、不可解な笑いの発作とに耐えているようにも見えた。いや、考えるな。ルイは自分自身にそう言い含める。目の前にいる人間を、野菜か何かだと考えろ。だが、ふと気づいた一致をルイは指摘せずにはいられなかった。

「ちょっとした皮肉じゃないか。八月二十六日——E国の独立記念日と同じ数とはね」

「わたしはとっくに気づいていたよ」

相手がわずかに目を伏せた。

「紛争の果てに、ついに独立を勝ち取った日。これからも守っていかねばならない日だ」

「聞くところでは、あんたも武器を手に戦ったそうじゃないか」

ルイはふと押し寄せる何かに導かれ、そう訊いていた。

「そこの、写真の人物と一緒にね。あんたは、いったいどんな理想に燃えていたんだい？　それとも、ただ傷つけられた誇りだけがあったのかい？」――もう止められない。「そしてこんなテーマパークとは違う、いったいどんな国家をあんたは夢見ていたんだい」

ゲブレは動じなかった。

「生まれてくる命が、決してもう脅かされない国を」

何度もくりかえし、消費されてきたであろう言葉が口にされる。

「そのためには、このカジノの外貨収入が不可欠だった」

ルイは黙って聞いていた。一瞬、国王の本音が聞けるかと夢想したのだ。そんなありふれた錯覚をルイは呪った。

「そのわりには、インフラも整備されてないな。ついこのあいだ新聞で見たところでは、工事の不備で上下水道が混じって、千人が赤痢に感染したそうじゃないか」

「ここを闘いの場と勘違いするな」

低い声で相手が口にした。

「E国カジノの最上階はお客様がわたしに謁見するための場だ。つまみ出してやったっていい。とはいえ、取り戻せる三千六百万ドルをみすみす見逃すことはしないがね」

ゲブレが玉を手に取ったところで、ルイが割って入った。

「待ってくれ。大きな勝負だ。念のため、そいつを検めさせてくれ」

相手は一瞬戸惑ったように見えたが、すぐに応じるとルイに玉を差し出してきた。ルイはそれを手のなかで転がし、光に透かし、それからゲブレに玉を渡す。


「満足か?」

ゲブレはそう訊ねてから、懐に手を入れてテンキー型のリモコンに26と入力した。すぐに、応答のバイブレーションが返ってくる。それを待って、ゲブレはスローした。

入力した数字は、指定の数字に玉を落とさないための仕掛けだ。

よくある磁石の引力によるトリックと異なり、最上階のルーレット台は斥力によって制御されている。そうでないと、不自然な玉の動きになってしまうからだ。

どの数字にも落とすことができるなんていうのは邪道だ、とゲブレは考える。どれか一つの数字に落ちることを避けさえすれば、ルーレットというゲームは勝てるようにできている。

玉がまだ止まらないうちに、ルイがふと口にした。

「空調が寒くてかなわない。窓を開けていいか」

「かまわないが……」

ゲブレは我に返って小声で応じた。

「観光客がそんなことを言うのははじめて聞いたな」

「ヨーロピアンとは違うんだ。大勝負なんだし、気分転換にいいだろう？　だいたいここの国民は、最初から暑い気候で暮らしていたんだろ」

ゲブレは低く笑った。いいだろう、とルイに窓を開けさせる。乾いた熱い風が流れこんだ。

「知ってるかい」とルイが不意に思いついたように言った。

「何かな」

「ぼくは三十ヵ国近くを旅してきたけど、故郷の日本の夏が、世界で一番地獄のように暑いと思ってる」

いまごろ、台の内部では強磁石が26の数字の裏側に移動しているはずだ。対して、玉の内部には反磁性を持つ化合物が隠されている。これでもう、玉が26に落ちることは決してない。

「日本にも蚊はいるかい」

気持ちに余裕が生まれたところで、ゲブレは訊ねた。

「ここはモスキート・カントリーなんだ。輸出してもいいくらいの量でね」

「大丈夫、日本も立派なモスキート・カントリーだ。立派に自給自足できるさ。それにハマダラ蚊はいらない」

ルイが口にしたのは旅行者の忌み嫌う、マラリア媒介蚊の名前だ。ゲブレはもう応えず、玉の行方を目で追うことにした。

急に、何か嫌な予感めいたものが走るのを感じた。

この日本人の余裕はなんだ？　ちょうど、玉が26の上を通過しようとしたところだ。瞬間、玉の軌跡がよれて、ひかれるように26の穴にぴたりとくっついた。

「あ――」我知らず、ゲブレは声を上げていた。

すりかえられたのだ。

玉を検めると言われた、あのときに。こちらが用意してあった反磁性を持つ玉でなく、鉄を仕込んだ玉に。鉄と強磁石は、当然のようにひかれ合う――。

歪みそうになる顔を、なんとかポーカーフェイスに留めた。

「おめでとう」

これで約十三億ドルの出費だ。手痛い。手痛いことに違いはないが、国が傾くほどではない。

「チップがないから小切手を切るぞ。どうだ、一攫千金の気分は」

ここで、ゲブレは相手が物憂げな顔をしていることに気がついた。

「どうした、十三億ドルだ。もっと喜ばないのか」

「ありがとう」

抑揚なくルイが答えた。

「では、その小切手をふたたび26に置いてくれ」

馬鹿め――。内心で毒づきながら、ゲブレは出目を変えるべく懐のリモコンに08と入力した。

このときだ。真に、ゲブレの背筋が凍ったのは。

ルーレット台からの応答のバイブレーションは、やってこなかった。

ルイとしても、26に全額を置いたままとするのは一つの賭けだった。

このルーレットが斥力で制御されていることまでは見当がついていたが、その仕組みまではわからなかったからだ。たとえば、台の裏に超伝導コイルを配置して、玉のほうに磁石を仕込んでおくという方法でも磁気浮上は実現できる。この場合、いくら玉をすりかえたところで26とひき合ってはくれない。ただ、おそらくはもっと単純な仕組みを採用するだろうとルイは予想し、そして賭けに勝った。となれば、次にやることは一つ。勝ちをE国を乗っ取るだけの額にまで押し上げること、だ。

「おまえ、ルーレットの電源を落としやがったな」

ゲブレの顔にもう余裕の表情はなかった。

「この塔の最上階で賭けが行われる機会は少ない。だから、この勝負のために最上階まで新たに台を運ぶ必要があった。そのときに、作業員か誰かを買収して……」

「なんのことだい」

開いた窓からの風を感じながら、ルイは空とぼけた。

「ルーレットってのは、電気なんかなくても台が一つあればできるところがいいんじゃないか。

それともなんだい、この台には仕掛けでも施されているのか？」

「そんな、仕掛けなどは……」

「だったら早くスローしてくれよ。こちらはもうベットしてるんだから。それとも、まさかここで終わりだなんて言わないよな。E国の唯一の資源はカジノで、その目玉がこの最上階。そして、ここで勝利した者はE国を手に入れる。それが、この国の唯一絶対の原理なんだろ」

ゲブレはルイがすりかえた玉を手にしたまま、すっかり青ざめている。

このとき、軋みとともに部屋が急激に上下した。ルイの座っていたスツールが音を立てて跳ねた。震動に、しばらく立っていられなかった。ゲブレの玉が取り落とされ、床で跳ね、部屋のどこかへと飛んで行って消えた。

反射的に内線を手に取るゲブレにかまわず、ルイは声をかけた。

「運がいいのか、悪いのか」

ルイは台をつかんで立ち上がる。

「また、反政府勢力のテロか。あんたたち、ずいぶん恨まれてるな。まあ彼らからすれば、E国は独立はおろか、国とすら認められていないのかもな。しかし、これが答えか！」

「ルーレットは残念だったな」

「日本の博奕ではこれはションベンって言うんだぜ。四百六十七億ドル、貸しだからな」

先ほどの兵士二人が部屋になだれこんできた。そのうちの一人が、すかさずルイを拘束する。

ゲブレは内線を相手に二言三言交わしてから、ルイをつかまえている兵士を向いた。

「捨てておけ、この男はただのギャンブラーだ。典型的な、自殺的なギャンブラー。それに、この塔は遅かれ早かれ崩れる可能性が高いそうだ。さて、最上階から逃げきれるかどうか」

頭上で、ヘリコプターのプロペラ音がまた鳴りはじめた。国王は去りぎわにこちらを一瞥したが、それ以上は何も言わなかった。

ヘリに乗せてくれとは言えなかった。この男と同じ、安全圏に身を置きたいと思わなかったのだ。意地が命を上回る。なるほど、確かに自分はギャンブラーかもしれない。

いずれにせよ、悩んでいる暇はない。

階段に向けてルイは走り出した。ちらと小切手のことが頭をよぎったが、あれはもう張ってしまったチップだ。自分のものではない。

すぐに息が上がったが、立ち止まるわけにもいかない。

やっと八十階までたどり着いた。まさか、エレベーターに乗るわけにもいかないだろう。そのまま、階段を駆け下りて行った。何人もの観光客や従業員を追い越し、追い越され、やっと六十階までたどり着いた。

さらに駆け下りるべきか、わずかに迷う。それから意を決し、カジノに足を向けた。どうせ一度は捨てた命だ。どのみち崩れる塔なら、ガラスケースを割って顎骨を奪っても罰は当たらないだろう。その通路の途中だ。

イメールが、銃を手にして立ちふさがっていた。

しばし、じっと二人で向かい合った。徐々に、通路を通り抜ける人がまばらになっていく。

「ついてるな」

やっと、相手の口が開かれた。

「うむ、実についている」

「あんたは逃げなくていいのかい」焦れながら、ルイは問いかけた。

「塔の崩落など怖くはないさ。何しろ、わたしはずっとこの事態を待ち望んでさえいたくらいだから な……。その上、借りを返すチャンスが向こうからやってきた」

イメールが銃口をこちらに向ける。

その顔には、国王と異なる点が一つある。目に、実存の炎が燃え上がっていることだ。

「生きて帰りたければ、わたしとの一対一のゲームにつきあえ。おまえが勝てば、どこへ行くも自由だ。なに、ルールは簡単。ここを通る人間の母語《マザー・タン》を、順に交代で当てていくんだ」

ルイはまた子供時代を思い出す。

テレビに異民族が映るたび、両親がやっていたゲームがあった。その人物がどの民族であるか、どこの国の出身かを当てるのだ。混血であれば、どこどこの混血か。そのとき、無意識に覚えていた嫌悪感。ルイは、いまでもそれを鮮明に思い起こすことができる。

血からは逃れられない。だから血のために争い、葛藤するのではなかったか。東洋人の薄黄色い肌さえも、忌み嫌い、白い肌を望む者もいる。そこに第三者が焼き印を押すかのようなこの罪のない〈民族当て〉は、人の血をえぐる。

「このゲームは面白いぞ」

イメールが冷たく言い放つ。

「つづけているうちに、何か自分が特別な存在のような気がしてくる」

ルイはイメールのゲームから、人類への底なしの憎しみのようなものを感じ取っていた。

母語は血と同様に選べない。言葉が人を形作るなら、あるいは、それは血よりもさらに奥にあるものかもしれない。そう考えると、〈母語当て〉は人の血のさらにその奥をえぐる。

「……相手の母語はどうやって確かめるんだ」

「簡単さ」

言うが早いか、イメールが通りゆく観光客の一人に銃を向けた。相手の西欧人が俊敏に立ち止まり、両手を上げる。

「おまえの母語はなんだ」イメールが問いかけた。

「フランス語」と掠《かす》れ声で相手が応じた。

「通ってよし」

イメールは西欧人を促し、こちらに向き直った。

「ほらな？」

また別の記憶が、ルイの内奥に蘇る。

アフガニスタンのカンダハルにいたころ――知り合った旅行者が長距離バスでカブールへの帰路についた。だが検問でバスは止められ、黒いターバン――神学生《タリバン》が乗りこみ乗客一人ひとりをチェックした。観光客に向け、その兵士が質問した。

――おまえは何人だ？

――イタリア人だ。

観光客が応じると、タリバン兵は迷うことなくライフルを頭に向けて引き金をひいた。その事件を、ルイは現地の英字新聞で目にした。

そうか、とふと思う。だからぼくは、ピアッサを相棒に選んだのかもしれないな。

「来たぞ」

イメールの声に、回想を遮られる。通路の向こうから、バッグを抱えた白髪の西欧人が走ってきていた。しばし、ルイはその男の顔つきにじっと見入る。逡巡ののちに答えた。

「バスク語」

イメールが男を止め、同じ質問をくりかえす。

「おまえの母語はなんだ？」

「スペインから来ました」相手はすっかり萎縮してしまい、高い声でそう叫んだ。

「母語を訊いてるんだ」

バスク語、と男が答え解放される。次にやってきたのは、郷に入っては郷に従えで、E国の民族衣裳を着こんだ東洋人だった。E国の普段着を真似ようとしているのだが、高級な布地を選びすぎて、全身合わせて軽くE国民の平均月収を超えているように見える。

イメールが鼻を鳴らした。

「日本語」

止められた男は母語《マザー・タン》の意味がわからなかった。いいよ、合ってる、とルイが指摘し、その日本人は解放された。次はまた西欧人だった。ハーフパンツにポロシャツという恰好で、必死の形相で息を切らしている。その途中、つまずいて膝をついた。痛い《アウチ》、と男が漏らした。

「英語」すかさずルイが解答を出す。

イメールは男を止めようともしなかった。

最後はサリーを着た女性だった。顔の彫りは深い。片手で裾を持ちあげて、両脚があらわになっている。イメールはすぐには答えられなかった。じっと、女の表情を窺っている。

「タミル語」

イメールはそう言うと、女性を制止した。

「おまえの母語はなんだ?」

「タミル」

女が答え、イメールが女を解放した。

それきり、通路を走る人の流れは絶えた。一分、二分とすぎるうち、ルイの手のひらに汗が浮かびはじめた。この塔は、あとどれくらいもつのだろう?

「引き分けかい?」

ルイの問いに、イメールが首を振った。

「まだ、きみとわたしがいる」

「その勝負はフェアじゃない」

「きみの母語はすでに調べがついているからな。では、こうしようか。きみがわたしの母語を当てる。正解すれば、きみは自由。外れれば、ここで終わりのときを一緒に待ってもらう」

反射的に、ルイはイメールの灰色の瞳を覗きこむ。アラブの血が濃い。E国民であるのは間違いないだろう。アラビア語、アムハラ語、ソマリ語……。

「最初からそのつもりだったな」時間稼ぎにルイは指摘する。

「ああ」イメールが退屈そうに答えた。

E国より南下すれば、少数民族の方言が無数に広がっている。しかし、この国に限定すれば絞られてくるだろう。

「あんたは」

相手を窺いながら、口を開いた。

「思うに、この国を憎んでいる。それでいて、この国を出ようともしない。むしろ、屈折した愛国心から、自ら進んで腐敗にかかわろうとしているふしがある。いまここにこうして立っているように、滅びを積極的に受け入れようとする面もある。考えられるのは――たとえば幼いころに一人異なる言語で育てられた。幼友達と言語を共有できないような、歪んだ高等教育が与えられ、帰属意識が分裂した」

「いい着眼点だ」

イメールが口角を歪める。口調は淡々としているが、その奥に苛立ちが感じられた。

「それで答えは？」

顎に手を添えたまま、ルイはためらった。それから、直感を信じろと自分に念じる。

「英語」

「惜しい」

そう応じるイメールの目の焦点は、どこか遠くを見つめていた。

「わたしの母語は、言うなれば何物でもない言語、いまだ生まれ出でざる、ありうべきどの文明にも属さない彼岸の言語――だからそれは英語ではありえない。アラビア語じゃない。ペルシャ語じゃない。アムハラ語じゃない、スワヒリ語じゃない、ラテン語族じゃない、インド・ヒンディー語族じゃない……」

「いったい何が言いたい？」

そういえば、アメリカには滅び行く言語を話す最後の一人のネイティブ・アメリカンがいたと聞く。その話をルイは思い出していた。

「わたしは、母親によって女手一つで育てられた。両親の結婚はツーリスト・マリッジというやつだった。どこか裕福な国のイスラム教徒が、他国の貧しい町や村を訪れ、そこで若い女性を見初め結婚する。それから、女性の持参したなけなしの財産を持ち、一人祖国へと逃げ失せる。どう考えても国際問題なんだが、外からの目が向けられることなどほとんどない」

瞬間、イメールの言葉が沸騰した。

「たとえば〈タリバンは女性を働かせない〉といった報道が、よほど無難で、豚どもを喜ばせ、いかにも報道の自由な精神をアピールするのさ」

ここまで話したところで、イメールは冷笑した。元通り、無表情を取り戻している。

「ツーリスト・マリッジなどは、騙された女が悪いとすら言われる。本当は、国やら民族やら金やら宗教やら、さまざまな条件に縛られ、がんじがらめにされた構造的な問題なのにだ。イエメンを売春宿と呼んでいたサウジアラビア人の話を聞かせてやろうか？　歪んだバベルで私腹を肥やす我々とて、人のことは言えない。あるいは真の社会悪というものは、きっと誰からも発見されず、取り上げられず、自己責任の皮をかぶって立ち現れてくるのかもな」

「そう言うあんたの顔は、まるでジューススタンドで神学論議をするアラブ人だぜ」

「わたしは憎む。ヨーロピアンどもの唱える自由を。自由など悪しき宗教そのものさ！　やつらが正義面を崩さないなら、わたしはこう言うさ。いっそ自由も、それに伴う責任をも放棄した虚無へこそ人類は一歩踏み出すべきなのだと……」

「あんたの言いたいことはなんとなくわかる」

　苛つきを抑えながら、ルイは応じる。

「でも、ぼくはこのゲームに勝ったら、一刻も早くこの塔を脱出しなければならないんだ。いかにして虚無に立ち向かうかという問題は、おいおいじっくり考えてやっていけばいい」

　ルイはイメールが低く笑うのを見た。

「でも一つ指摘させてもらえるなら――あんたの思想は、あくまで使われる側、雇用される側、搾取される側、支配される側、それに甘んじる側――一本の雑草の論理だ。それは、あんた一人だけのための論理だ。ぼくはこんな塔は最初から倒してやるつもりだった。あんたとは視座のありかたが、最初から違っているようなのさ」

「なるほど、いいだろう。では、さっきのつづきを話そうか。人は社会に構造化されているように、言語によって構造化されている。ここまではいいな」

　イメールはそう前置きしてから、母親の話に戻った。

「……棄てられたとき、母は十七歳だった。すでにそのとき、わたしを孕んでいた。財産を失い、家族からは見放され、身体を弄ばれ、再婚の当てもない。これがきっかけだったのか、元から病んでいたのかはわからない。母は統合失調症《スキゾフレニー》を発症した。母の見ていた現実は、我々の見ている現実ではなかった。そしてスキゾフレニーを病んだ患者がまれにするように、母は自分一人のまったく新しい独自の言語を発明し、それのみを喋るようになった。わたしは、その言語によって育てられた。だから、わたしの母語に名はないんだよ」

そう言ってから、イメールはルイの解さない言葉を何事かつぶやいた。

「わたしの母語は、言うなれば何物でもない言語、いまだ生まれ出でざる、ありうべきどの文明にも属さない彼岸の言語――だからそれは英語ではありえない。アラビア語じゃない。ペルシャ語じゃない。アムハラ語じゃない、スワヒリ語じゃない、ラテン語族じゃない、インド・ヒンディー語族じゃない……」

「あんたの勝ちだよ」投げやりな口調でルイは応えた。


通路は静まりかえっていた。散らばったカードやチップ。倒れたシャンパングラス。プレイヤーを失ったスロットマシン。置き去りにされたハンドバッグ。ルーレットの出目の電光掲示は、00で止まっていた。小さく、ラグタイムピアノが流れている。そう、まだ電気は流れている。人だけがいない。

イメールがブラックジャック台について、シャッフル済みのデッキから、カードを一枚、表向きに投げてよこした。Qだ。ルイは財布から五ドル札を出して、カードの上に載せた。イメールが自分に一枚、ルイに一枚と配る。それから自分にもう一枚。ルイの二枚目は9だった。イメールが絵札をひきバーストした。薄手の財布から、イメールはルイに五ドルつける。

ルイはサークルのなかに五ドルと、線の境界上に五ドル張った。境界上のベットは、ディーラーのためのベットを意味する。

「ありがとう」とイメールが抑揚なく言った。

ルイはまた勝った。収支は合わせてプラス五ドルだ。一枚のエイブラハム・リンカーン。

「きみは——」

流れるようなディーリングはそのままに、イメールが口を開いた。

「いったい、どんな国を夢見ていたのだ？　よければ、聞かせてみてもらいたい」

「そうだな」とルイはつぶやいた。

16。バースト。バースト。20。21。17。ブラックジャック。16。バースト。19。19。

「なあイメール、人類をトランキライザーの浅い眠りから呼び覚ますものはなんだろう？」

「先進国の人類、と言い直せ」

鋭く、イメールが指摘した。

「あえてわたしの意見を言わせてもらえるならば——ルイ、人類は有史以前から眠りつづけていたんだ。きっと、これからも眠りつづけるだろうとわたしは思う」

「質問の意図は、きっともう少しスケールの小さなものなんだ」

「そうだな。先進国の人類をトランキライザーの浅い眠りから覚ますのは、たぶん犯罪だ」

イメールはあくまでそっけない。

「たとえば、ドラッグやさまざまな破壊行為。それから、そう、博奕《ギャンブル》だろうな」

「それこそまた別の眠りではないのかな。ただし深い眠りだ。でも、ぼくの持っている答えは、どこかその二つとも共通する。先進国の人類をトランキライザーの浅い眠りから呼び覚ますべきものは、そう、狂気《インサニティ》なんだ」

ルイはイメールの相槌を待ってから、

「皆が否応なしに抱える狂気が共存しうる懐の深さを持った世界、それがぼくの思う、人を蘇らせる国だったんだ。別に、多様性を認め合って互いに尊重するとかそんな話じゃない。個々の狂気が、ただそこに現存する世界だ。いわば、巨大な一つの開放病棟。それこそが、ぼくのイメージするところの、各々の自意識を打ち破り、心を消費しない生きかたがしやすい国——先進国の無意識の便所でありながら、希望の源泉たりえる国だった」

「それはとっくに、志ある精神科医たちによって試みられていないか。きみも喩えに持ち出していたが、まさに開放病棟。その実験の先にあったのは、暴力や自死、破壊ではなかったか」

「それはごく初期の例だろう。いまなら、もう少しバランスが保てるはずさ。まず、E国の財源はカジノ一本だが、ここではカジノの外に目を向ける。イメール、きみの言う〈黄色い夜〉にね。ここに、E国はどうしても寛解の見こめない先進国の患者たちを受け入れる。いわば、世界の一大療養地としてね。だから、ぼくが開放病棟と言ったのは、まったく文字通りのことなんだ。これにより、E国はカジノのモノカルチャーという馬鹿げたシステムを脱却する。同時に、塔の外のE国民には相応の保障と福祉、インフラストラクチャの整備といった生活水準の向上を約束してバランスを考慮する」

「きみは、その考えをどこで固めたのかな」

心底呆れた様子で、イメールが言葉をついだ。

「つまり、たとえば……ポル・ポトの思想を醸成した東南アジアの密林。ヒトラーの思想の土壌となったドイツの状況……こうした喩えに、気を悪くしないでくれよ。わたしは、きみにとってそうした場がなんであったか、興味があるんだ」

「さて、いつ根づいたものかどうか……カラコルム山脈の氷河のたもとか、アビシニアの砂漠か、インターネットの巨大掲示板か、四季のないオフィスの、終わりのない残業の夜か、……そうだな、日本だった。日本という国が、ぼくにとっての〈黄色い夜〉だった」

「いや、それにしても、やっぱりきみのアイデアは到底うまくいくとは思えない。患者と国民のあいだの分断はどうにもならないだろう。いくら保障だの福祉だのと言っても、たぶんそこに生まれるのは第二のイスラエルにほかならない」

「少なくともイスラエルにはならない。まず、生まれ変わったE国は政府を持たない。E国はぼくに占領されたのち、株式会社として各々の先進国に経営に加わらせる。幸か不幸か石油も出ない。闘い抜き独立を勝ち取ったE国民すらもが、もうどこの国だっていいと思うような、本当にただの砂漠にすぎないんだ。E国は純粋な一個の会社として生まれ変わる」

「我々は独立する」

ここで不意に、イメールが耐えかねたように口を挟んだ。

「わたしがこんなことを言うことを、いまは笑わないでくれよ、いいか、我々は独立する。たとえ何度占領されようとも——たとえこの場所になんの利権も、資源も精神性も、いや水すらなくたって、我々は独立する。カラシニコフを手にして、砂漠をベトナムに変えてみせる。たとえ全先進国が相手だろうとも、我々は独立する」

イメールのディーリングの手はとっくに止まっていた。

いつからゲームを中断していたのだろう。16、バースト、17、21、20、……絵札が多く残っている。ルイが百ドル札をベッティングサークルに置いて、イメールは我に返った。

「イメール、あんたはもしかしたらぼくを〈黄色い夜〉からつれ出してくれた。これでぼくもようやく、新しい考えに取りかかることができる」

カードを配りながら、イメールはしばらく考えこんでいた。

「しかし、もう時間も、話すようなことも少ないな」

「それじゃイメール、あんたの母語を教えてくれよ」

ふとした思いつきを、ルイは口にした。

「あんたの母語の文法を、語彙を、イディオムを、活用を、時制を、ぼくにすっかり教えこんでしまってくれよ」

「なぜかな」

「そうしたら、あんたは一人じゃなくなるからさ」

ルイのハンドは20、イメールも20だ。このテーブルでは、引き分けは子の勝ち。イメールはベッティングサークルに百ドルをつけた。

行け、とイメールが言った。どこへでも行っちまえ、わたしの気が変わらないうちに。

＊

焦げくさいな、とルイは思った。

倒壊した巨大な塔の粉塵は、瞬く間に小さなE国首都を覆い尽くした。黒い粉塵と砂嵐とが混ざり、日本大使館の周辺の空はなんともいえない暗い色をしていた。押し寄せたビジネスマンや観光客たちが、ロビーのテレビに群がっている。

まもなく、反政府組織からE国カジノ倒壊についての犯行声明が出された。

帰国のチャーター便は席一つが三十五万円だった。カイロやナイロビに抜ける便はないのかい、とルイは訊いたが、存じません、と大使館員ににべもなくしりぞけられた。

国境は閉鎖され、通常の便もキャンセルされている。

百人以上もの日本人をつめこんだ旅客機をルイは想像した。夏期休暇の惨劇、罪のないツーリストたち。まっぴらごめんだ。

「こちらも善意から、できる限りのことをやっているんです」方々からの批判に疲れきった大使館員が、たまりかねたようにルイに抗議した。

「あんたはこれからどうするんだ？　一緒に帰国するのかな」

「とんでもない。まだ、未確認の在留邦人が何十人もいるんです。バックパッカーが主ですがね。別に、戦争が起きているわけでもない。残って仕事ですよ」

「手伝うよ」

とルイはここで提案した。

「周辺の国境が開くまでね。同じ帰国便なら、ナイロビからが安いんだ」

大使館を避けるバックパッカーがいることをルイは知っている。いい大使館もあるが、往々にして、大使館というものは彼らを冷遇する。

あるいは内紛のとき、銃撃戦に巻きこまれた市民が助けを求める前で、大使館という場所は固く門を閉ざす。彼らは彼らで任務をまっとうしているだけなのだろうが、地を這い、陸路で国境を越える旅をつづけていくと、どうしても彼らが同じ人間とは思えなくなる瞬間はある。

対して、個人旅行者たちがどういうところを好み集まるかはわかっている。

鼠の穴のような安宿を。スチームサウナのような大衆食堂を。ルイは彼らを訪ねて歩き、一人ひとりに日本大使館に出向くよう促した。皆それぞれ現地服を着て、扇風機だけの部屋に息をひそめ、怪我をした野生動物が穴ぐらで回復を待つように、国境が開く日を待っていた。日本大使館の手により、強制的にチャーター便で帰国させられることを、彼らはテロそのものよりも恐れていた。

大使館員は彼らに陸路出国させることを約束した。かわりに、彼らは連絡先を残していった。宿によっては、電話番号すらないところもあった。

メネリック通り、ランブー煙草店近く。そんな住所もあった。

「電話は、この煙草屋にかければいいのだろうか?」当惑した大使館員がその旅行者に訊いた。

「ええ。メネリックハウスの日本人と言えば通じます。不在であれば、折り返し連絡します」

「国境が開き次第、連絡を入れる。ただし国境までの紛争地帯を通るタクシーには護衛をつけてもらう。料金は三ドル。これだけは守ってほしい」

彼らの半分はこれを守った。残りの半分は、現地のバスや乗り合いタクシーを乗り継いで国境を目指した。しかしそのうち何人かが、エチオピアからE国日本大使館に直接連絡を入れ詫びたという。これによって大使館員の心証がよくなり、陸路越境者への風当たりは弱くなった。

E国の陸路越境は、外務省により推奨されていない。

だから大使館としては本来、情報を提供できない立場にある。そのために、回避できたはずの部族抗争地域や戦闘地帯に旅行者が入りこむこともある。こうした問題については、大使館側も常に頭を悩ませていたという。

この件以来、E国日本大使館には情報ノートが置かれることになった。部族抗争や隣国との戦闘状態などの、最新情報がそこに書きこまれる。もちろん、「本大使館はこの情報について責任は持たない」と但し書きをつけた上で。

とはいえ、大使館員は陸路越境そのものについては、最後まで理解を示さなかった。街を抜け国境へ向かう際に見る砂漠も、ホテルから見下ろす砂漠も、彼には同じ砂漠だった。

大使館員はよくルイと一緒に、チャーター便に乗った日本人が残していった大量の日本食を食べた。インスタントの味噌汁。緑茶。茶漬け海苔。大使館員はルイと別れたがらなかった。

*

ビンゴゲームの景品は従業員たちの手により一部が持ち出された。

そのなかには、例のあの顎骨もあった。瓦礫に垂れ幕がかけられ、カジノ復興イベントと称してビンゴゲームは開催された。ピアッサも当然それに参加した。

ところがどういう皮肉か、これまで何年も誰も選ばなかった顎骨を、ピアッサの前にビンゴを当てた父娘が選んでしまった。父親は温厚そうなヨーロピアンだった。

「あなた、その骨をどうするんですか?」たまらず、ピアッサはその父親に訊いた。

「なに、わたしの娘が欲しがってね。なんでも考古学に凝っていて、掘り出し物に違いないと言うのさ。だから、年代測定にかけてみようと思うんだ」

ピアッサはすっかり毒気を抜かれてしまい、「そうですか」と頷くのみだった。

「いえ結構、それでいいんです」

残った景品に、ピアッサの趣味に合うものはなかった。ピアッサは片隅に立てかけてあったルソーの絵を選んだ。絵は偽物だったが、額の裏に有価証券が隠されていた。収支は若干のマイナスだった。


説教師は郊外のカテドラルを買いとると、そこを罰当たりにもカジノバーに改造した。しかし、E国民による、E国民のための地元のカジノだという。塔がなくなってしまったあとなので、説教師のカジノはそこそこに繁盛した。彼は隣の土地も買い取った。ゆくゆくは、ホテルを建設するのだという。

もしかしたら、説教師のカジノを中心に第二のラスベガスが生まれるかもしれない。


アシュラフとも連絡は取り合っている。彼女はソマリアに戻る決断を下したようだ。戦争が終われば、選挙に立候補するのだという。いつか殺されるぞ、とルイは気を揉んだが、それでかまわない、とアシュラフはドライに応じた。

情勢が安定する気配は、いまだない。

帰国後、ルイはふたたびスミカと暮らしはじめた。蛇のぬいぐるみは、元通りルイの腕に置き換わった。自国にこそ幸福があるという教訓めいた結論に自ら反駁しながらも、しかし確かに、ルイは希望の片鱗を見出していた。熱病のような黄色い夜は、すでに背後にあった。

ルイの旅行中、スミカはすっかり変わっていた。

彼女は音楽をやめ、かわりに舞台に立つことを新たな喜びとしていた。しかし口には出さないまでも、ルイの目には、彼女が夢を保留して別の刺激に溺れているように映った。スミカの目にあった内省の光は消え、かわりに、強い外への志向が感じ取れた。あれだけ彼女を悩ませていた薬の量は自然と減っていき、医師が寛解の太鼓判を押すに至った。

興味の対象が離れた。

こうなっては、いまさら音楽をやれなどとは言えなかった。ほとんど自然のなりゆきのように、二人は別れることになった。

晴れた晩夏の朝にルイは彼女を送り出した。

このときルイは、スミカが発症して診断を受けてから一度も言わなかった言葉を口にした。まったくなんの計算もなく心から、唐突に、泉から水が湧き出るように。鬱病患者にとっては、まるで空気が血を流すような語彙——ルイがかつて会社の朝礼で毎朝復唱させられていた言葉、しかし歓びの源でもある言葉、抽象的で実がないがどこの国にもある、きっと人類にとって必要な言葉、イメールの母語にもきっと組みこまれていたであろう言葉、アジアで、中東で、オセアニアで、ヨーロッパで、アフリカで、北米で、南米で、毎日厳かに、軽やかにささやかれているであろうあの言葉を。

初出　「すばる」二〇二〇年三月号

装幀　菊地信義

宮内悠介（みやうち・ゆうすけ）
一九七九年、東京都生まれ。九二年までニューヨークに在住。早稲田大学第一文学部卒業。二〇一〇年、「盤上の夜」で第一回創元SF短編賞選考委員特別賞（山田正紀賞）を受賞しデビュー。主な著作に『盤上の夜』（第三三回日本SF大賞受賞）『ヨハネスブルグの天使たち』（第三四回日本SF大賞特別賞受賞）『エクソダス症候群』『アメリカ最後の実験』『彼女がエスパーだったころ』（第三八回吉川英治文学新人賞受賞）『スペース金融道』『月と太陽の盤　碁盤師・吉井利仙の事件簿』『カブールの園』（第三〇回三島由紀夫賞受賞）『あとは野となれ大和撫子』（第四九回星雲賞〔日本長編部門〕受賞）『ディレイ・エフェクト』『超動く家にて　宮内悠介短編集』『偶然の聖地』『遠い他国でひょんと死ぬるや』（第七〇回芸術選奨文部科学大臣新人賞受賞）など多数。

黄《き》色《いろ》い夜《よる》

二〇二〇年 七 月 一〇日 第一刷発行

著　者　宮《みや》内《うち》悠《ゆう》介《すけ》

発行者　徳永 真

発行所　株式会社集英社
東京都千代田区一ツ橋二―五―一〇
〒一〇一―八〇五〇
電話〇三（三二三〇）六一〇〇［編集部］
〇三（三二三〇）六〇八〇［読者係］
〇三（三二三〇）六三九三［販売部］書店専用

印刷所　大日本印刷株式会社

製本所　株式会社ブックアート

ISBN978-4-08-771720-4 C0093
定価はカバーに表示してあります。